LES TEMPLES DE TARAK

DU MÊME AUTEUR

1. *Opération Astrée*
2. *La Terre a peur*
3. *La Milice des mutants*
4. *Bases sur Vénus*
5. *Les vainqueurs de Véga*
6. *La forteresse des Six Lunes*
7. *La quête cosmique*
8. *Les glaces de Gol*
9. *Le traître de Tuglan*
10. *Le Maître des mutants*
11. *Le piège à pirates*
12. *L'empereur de New York*
13. *L'étoile en exil*
14. *Mutants en mission*
15. *L'offensive d'oubli*
16. *A l'assaut d'Arkonis*
17. *La menace des Moofs*
18. *La planète piégée*
19. *Les méduses de Moofar*
20. *Les grottes de Gom*
21. *La bataille de Bételgeuse*
22. *L'amiral d'Arkonis*
23. *Le sérum de survie*
24. *Le spectre du surmutant*
25. *Les exilés d'Elgir*
26. *L'invasion des Invisibles*
27. *Le poids du passé*
28. *La citadelle cachée*
29. *Les traquenards du temps*
30. *Délos a disparu*
31. *L'agonie d'Atlantis*
32. *La moisson de Myrtha VII*
33. *Les soleils de Siamed*
34. *L'errant de l'éternité*
35. *La revanche du Régent*
36. *Recrues pour le Régent*
37. *Le prix du pouvoir*
38. *La déroute des Droufs*
39. *Rhodan renie Rhodan*
40. *L'immortel et les Invisibles*
41. *Les Métamorphes de Moluk*

80. *Guérilla sur Greendoor*
81. *Pas de retour pour Rhodan*
82. *Les soldats stellaires*
83. *Mulots en mission*
84. *La fin de la fuite*
85. *Péril sur Plophos*
86. *Le déclin du dictateur*
87. *Arkonis assassiné*
88. *A l'assaut d'Andromède*
89. *Planète de pénitence*
90. *Les gardiens des galaxies*
91. *La guerre du gel*
92. *Héros de l'Horreur*
93. *Microcosme et Macrocosme*
94. *Les pyramides pourpres*
95. *Le triscaphe titanesque*
96. *Le péril surgi du passé*
97. *Téléporteurs dans les ténèbres*
98. *Les condamnés du Centre*
99. *La cinquième colonne*
100. *Les Coureurs d'ondes de Chrystal*
101. *Invasion interdite*
102. *L'armada akonide*
103. *Les astéroïdes d'Androbêta*
104. *Le satellite secret*
105. *La débâcle des Deux-Nez*
106. *Les sœurs stellaires*
107. *La ville vitrifiée*
108. *Le Monde des Marais*
109. *La sphère spatio-temporelle*
110. *La station de Saar Lun*
111. *Le messager des Maîtres*
112. *L'Ingénieur intergalactique*
113. *La revanche des Régénérés*
114. *L'être d'Émeraude*
115. *Tempête sur Téfrod*
116. *Les mercenaires des Maîtres*
117. *Le robot qui rit*
118. *La machine de Multika*
119. *Le transmetteur temporel*
120. *Les temples de Tarak*

K.-H. SCHEER
et CLARK DARLTON

LES TEMPLES DE TARAK

PERRY RHODAN — 120

FLEUVE NOIR

Titres originaux
DAS ZEITAUGE
DIE TEMPEL VON DARAK

Traduit et adapté de l'allemand
par A. J. THALBERG

ISBN 2-265-05391-0

PROLOGUE

Mai 2404. *L'empire fondé par Perry Rhodan connaît une ère de paix. Les principales puissances qui menaçaient l'Empire solaire et la Voie lactée ne sont plus un danger. Perry Rhodan, qui a découvert par hasard une chaîne de transmetteurs géants menant à la nébuleuse d'Andromède, se heurte aussitôt aux peuples asservis par les maîtres de la Nébuleuse, les mystérieux Maîtres Insulaires.*

Après l'échec d'une offensive des Maahks contre la Galaxie, Perry Rhodan prend la tête d'une expédition vers Andromède. L'état-major terrien, renforcé par le Halutien Icho Tolot, les mutants de la Milice et de l'O.M.U., établit une base avancée sur Gleam, dans la micronébuleuse Androbêta, dont les Maîtres Insulaires ont été chassés.

Les Maahks, qui occupent Andro-Alpha, l'autre micronébuleuse qui borde Andromède, se révoltent contre les Andromédans. La voie d'Andromède est désormais libre pour les Terriens.

Le 5 janvier 2404, l'Empire solaire entame le sixième cycle de son histoire. L'homme aborde pour la première fois une nouvelle galaxie. Perry Rhodan pénètre dans la Nébuleuse à bord d'un nouveau vaisseau d'une puissance extraordinaire, l'ultracroiseur Krest III.

Près d'Andromède, le vaisseau solaire découvre une immense île spatiale, un chantier astronautique dirigé par Kalak. Dernier survivant des Ingénieurs intergalactiques, massacrés par les Maîtres Insulaires, celui-ci s'allie aux Terriens, qui l'aident à retrouver les survivants de son peuple, et les guide jusqu'au cœur de la Nébuleuse, à la recherche des Maîtres Insulaires.

Le Krest III *entre aussitôt en contact avec les Téfrodiens. Ce peuple, dont la ressemblance avec les Terriens est stupéfiante, est chargé de surveiller le Centre d'Andromède, déclaré Zone interdite par les Maîtres Insulaires. Pendant ce temps, les Maahks d'Andro-Alpha lancent une grande offensive contre la Nébuleuse.*

Projetés en 49 988 av. J.-C. par le transmetteur temporel de Vario, les hommes du Krest III *assistent à la fin de l'Impérium de la Première Humanité, dont la planète mère, Lémur, n'est autre que la Terre ! Pour échapper aux Halutiens, les Lémurs se réfugient par le transmetteur galactique géant des Sextuplées dans la nébuleuse d'Andromède. Pourchassé par les agents temporels des Maîtres Insulaires, présents dans tout l'Impérium lémurien, Perry Rhodan doit impérativement rejoindre Andromède pour pouvoir regagner son époque.*

PREMIÈRE PARTIE

L'ŒIL DU TEMPS

CHAPITRE PREMIER

Le monstre se leva sur son arrière-train et écarta ses longues pattes de devant, couvertes d'une fourrure sombre, en rugissant. Chacune d'elles, terminée par des griffes impressionnantes, aurait aisément pu recouvrir un homme.

Le colonel John C. Sheldon, surnommé « Iceberg » par ses subordonnés, se renfonça dans la faille rocheuse qui l'abritait. Il plissa le front, l'air agacé, en entendant juste derrière lui la voix du lieutenant Messier.

— Pas de doute, mon colonel, c'est un paresseux géant, un mégatherium. Il doit mesurer au bas mot six mètres de haut. Je n'aimerais pas...

Sheldon tourna la tête en braquant un regard impérieux vers l'officier, qui se tut brusquement.

Sans un bruit, une silhouette ramassée se glissa vers le colonel. Ses yeux noirs rivés sur le monstre, le capitaine Uwanok avait senti la pulsion de la chasse se réveiller en lui.

Pourtant, le Sheldon savait que l'Eskimo ne commettrait pas d'imprudence. Le commando Lémur n'était pas là pour une partie de chasse…

Soudain, avec une rapidité qu'on n'aurait pas crue possible, le mégatherium se mit en mouvement. La puissante silhouette brun-jaune qui s'était jusqu'à présent tenue tapie sur un ressaut de la falaise, juste au-dessus de lui, s'élança d'un bond. Le tigre feula en retroussant ses babines, dégageant des canines acérées d'une quinzaine de centimètres de long. De véritables poignards, qui n'étaient pourtant pas suffisants pour que le smilodon espère venir à bout du mégatherium. Après une dernière tentative d'intimidation, le félin préféra s'enfoncer dans les taillis.

Sans se laissa impressionner, le mégatherium s'engagea sur les traces du tigre aux dents de sabre dans un fracas de branches brisées.

Le colonel se releva en brossant la poussière beige qui s'était accumulée sur les épaules de son spatiandre. Uwanok et Messier l'imitèrent. Le capitaine arrivait à peine à l'épaule de Sheldon, tandis que Messier, un Terrien d'origine française, était aussi grand que lui mais de carrure nettement moins impressionnante.

— La prochaine fois, lieutenant, fermez-la, gronda-t-il. Sinon, je veillerai personnellement à ce que vous ne trahissiez pas notre présence. Vous savez pourtant que nous ne pouvons pas utiliser nos armes énergétiques si nous voulons éviter que les Lémurs ne nous découvrent ! À moins que vous ne soyez prêt à affronter une bête pareille à mains nues, ajouta-t-il avec un sourire ironique.

Sans répondre, Messier fit signe qu'il n'était pas prêt à courir un tel risque.

À quelques centaines de mètres d'eux, un craquement retentit soudain sur leur droite. Les yeux réduits à une simple fente par le soleil, Aïno Uwanok annonça aussitôt :

— Ce sont des castors. L'arbre ne va pas tarder à s'abattre.

— J'aime les castors, précisa Messier.

— Cela m'étonnerait que ce soit le cas pour ceux-là, s'amusa Uwanok. Les castors du pléistocène étaient aussi gros que des ours de taille moyenne !

— Et pourtant, ils sont très pacifiques ! lança une voix aiguë surgie de nulle part.

Les trois hommes sortirent aussitôt leur radiant en se mettant dos à dos.

— Qui est là ? cria Sheldon.

Un petit rire retentit sur le ressaut rocheux où le tigre aux dents de sabre s'était trouvé quelques instants plus tôt.

À première vue, la silhouette était humanoïde. Elle avait deux bras, deux jambes, un torse et une tête qui occupait la moitié de la hauteur totale. Haut d'à peine trente centimètres, le corps de l'inconnu à la voix fanfaronnante était uniformément noir et ne portait aucun vêtement.

Un nouveau rire étouffé s'échappa de la tête ovoïde, parfaitement lisse.

— Log ! s'exclama Uwanok, stupéfait.

— Satané robot ! enchaîna Messier. Qu'est-ce que

tu viens faire sur Lémur ? Les téléporteurs ne devaient pas t'emmener…

Le colonel Sheldon balaya l'objection du lieutenant d'un geste.

— Log peut faire ce qu'il veut, il n'est pas sous les ordres de Rhodan. Je me demande quand même comment il est venu jusqu'ici et pourquoi.

Le robot miniature disparut du rocher et se rematérialisa instantanément juste sous le nez du colonel.

— La réponse à la première question est évidente, n'est-ce pas, colonel ! gloussa Log. Quant à ce que je cherche, c'est tout simple : je veux simplement éviter de gros ennuis à trois hommes des cavernes à demi civilisés.

— Quel genre d'ennuis ? s'étonna le lieutenant.

— Quand on est aussi ignorant de ce qui se passe dans la nature que vous, Pierre, tout est possible ! ironisa Log.

— Hum, grogna « Iceberg » Sheldon. Trêve de plaisanterie, robot. Nous savons très bien qu'à la fin du pléistocène, la Terre n'a rien d'un jardin d'enfants. Qu'est-ce qui t'amène vraiment ?

— Lémur est perdue, affirma Log en levant l'un de ses bras maigres vers le ciel. Les escadres lémuriennes ne pourront plus retenir longtemps les hordes des Halutiens. Pour les Lémurs, la Nébuleuse d'Andromède est le seul espoir qui reste.

Au-dessus de leurs têtes, l'atmosphère de Lémur, qui deviendrait un jour la Terre, rougeoyait. Zeus, la quatrième planète du système solaire, avait été réduite en poussière cosmique par les Halutiens.

— Pourtant, la capitale de l'empire de Lémur tient toujours, reprit Log. Les Lémurs sont capables de se défendre contre les espions. Vous n'imaginez quand même pas qu'ils vont vous laisser aller jusqu'au bout de vos projets avec les Tamrats !

Cette fois, ce fut au tour du colonel de rire.

— Nous sommes des soldats de l'Empire solaire, Log, rappela-t-il. Nous savons que nous courons des risques…

— Ne vous laissez pas tromper par les apparences, reprit le robopsy. La nature et les animaux que vous voyez autour de vous n'existent encore que parce que les Lémurs veillent soigneusement à les préserver. Vous n'avez peut-être pas peur, mais quelque chose me dit que vous devriez être contents d'avoir trouvé un ange gardien !

— Un ange gardien… ? s'étonna Sheldon.

— Oui, moi ! affirma Log

— D'accord, mais à la condition que tu te places sous mes ordres, repartit le Terrien.

— Entendu ! accepta aussitôt le robot en claquant les jambes et en adressant un salut militaire impeccable à Sheldon.

Aïno Uwanok et le lieutenant Messier éclatèrent de rire.

Seul le colonel garda son sérieux. Ils n'avaient aucune raison de pavoiser. Si le *Krest III* était pris à partie, ils se retrouveraient livrés à eux-mêmes, coincés en l'an 49 988 avant J.-C..

*
**

À 51 222 années-lumière de Lémur, le Tamrat Frasbur activa l'écran de communication de l'immense appareil qui trônait au centre de la mémostation.

Trois secondes plus tard, il se levait brusquement de son siège, la tête profondément inclinée.

Le visage émacié d'un être humain s'affichait sur l'écran. Sur sa poitrine, on distinguait très nettement un écusson circulaire qui portait deux galaxies couleur or sur fond noir.

— Maghan… ? chuchota Frasbur.

« Maghan » n'était pas un nom. C'était un titre, qui signifiait « accompli ».

L'homme dégageait une impression d'énergie indomptable. Ses yeux froids ne cillaient pas. Sa bouche aux lèvres minces ne s'ouvrait que pour ordonner. Le Maître parlait à voix très basse. Ses agents devaient toujours faire un effort pour ne rien laisser échapper de ses paroles.

— Il y a deux heures temps universel, nous avons reçu une communication d'Orghon, notre principal agent sur Lémur. Il semble qu'il ait été tué depuis…

Frasbur tressauta imperceptiblement. Il connaissait Orghon. Comme lui, c'était un agent temporel des Maîtres, un Téfrodien du futur qui avait été envoyé dans le passé par le transmetteur temporel de Vario. Orghon était l'un des Tamrats de Lémur. Il disposait de pouvoirs spéciaux. Son écran protecteur individuel était si perfectionné qu'il pouvait le protéger de n'importe quelle attaque physique ou psychique. Du moins, c'est ce que l'on avait toujours cru jusqu'à présent.

Un frisson glacé parcourut l'échine de Frasbur.

— Nous avons analysé les informations livrées par Orghon, reprit le Maître Insulaire. Après tant de rapports inexacts — ceux qui nous les ont transmis ont tous été châtiés —, la situation est enfin claire. Nous avons commis une série d'erreurs regrettables en pensant que les Maahks étaient à l'origine des problèmes que nous avons rencontrés. Notre véritable adversaire est l'Empire solaire. Son chef, le Stellarque Perry Rhodan, s'est mis en tête de conquérir Andromède avec l'aide des Maahks. Sa tentative était bien entendu vouée à l'échec dès le départ, mais il faut l'éliminer radicalement et le plus vite possible.

Frasbur hocha la tête d'un air soumis.

— Bien, Maghan, j'attends vos ordres.

Une lueur glacée s'alluma au fond des yeux de l'Andromédan.

— L'évaluation logique montre que Perry Rhodan va tenter de rejoindre le transmetteur galactique des Sextuplées. Vous, Frasbur, allez veiller à ce qu'il tombe dans un piège. Vous serez tenu pour personnellement responsable du succès de cette opération. J'attends votre rapport final. Terminé.

L'écran s'éteignit aussitôt.

L'agent temporel Frasbur tremblait légèrement. Les Maîtres Insulaires donnaient rarement des détails sur les missions qu'ils confiaient. Ils se contentaient de fixer un objectif et malheur à celui qui échouait !

Perdu dans ses pensées, Frasbur serra plus étroitement son manteau de Tamrat autour de ses épaules et quitta la mémostation sans jeter un regard aux longues rangées de Lémurs allongés sur les brancards antigravs qui s'alignaient dans les salles donnant sur la station du communicateur.

Les ordres que les Maîtres venaient de lui donner allaient stopper pour un temps leur préparation. Une fois formés, les Lémurs rejoindraient le futur. Après un passage dans un multiduplicateur, chacun d'eux donnerait naissance à une dizaine de doublons téfrodiens.

*
**

Le puits antigrav déposa l'agent temporel dans l'une des innombrables coupoles qui parsemaient la surface de Kahalo.

Non loin de là, les six pyramides de contrôle du transmetteur géant s'élevaient à l'assaut du ciel couvert d'étoiles du Noyau galactique. Troisième planète du système d'Orbon, Kahalo était pratiquement située au centre de la Voie lactée. Les Maîtres Insulaires y avaient établi leur principale base d'agents temporels. La luminosité et la densité des étoiles étaient telles que, même en plein jour, on avait du mal à identifier le disque solaire.

La mémostation, située à 2 300 mètres de profondeur, tout comme la coupole de sortie, étaient protégées par un champ totalement impénétrable à la technologie dont disposaient les Lémurs. La coupole invisible de Frasbur disparut, remplacée par un cratère rempli d'eau. Le Tamrat parcourut à pas rapides les deux cents mètres qui le séparaient de la coupole où se trouvait son bureau officiel.

L'Impérium de Lémur avait massé toutes ses forces spatiales d'élite sur Kahalo, la seule porte de sortie qui leur restait pour sauver le plus possible des leurs face aux Halutiens. Un trafic militaire intense régnait sur l'astroport planétaire. Des convois chargés de matériel et d'hommes destinés aux escadres se croisaient sans cesse dans le ciel à plusieurs fois la vitesse du son. L'Impérium ne tenait qu'au prix de pertes effroyables.

Un sourire amer joua sur les lèvres de Frasbur.

S'ils l'avaient voulu, les Maîtres Insulaires auraient pu stopper l'invasion des Halutiens en un rien de temps. Pourquoi ne le faisaient-ils pas ? Pourquoi acceptaient-ils que la disparition de l'Impérium lémurien plonge la Voie lactée dans un âge obscur de plusieurs dizaines de milliers d'années ?

Il repoussa toutes ces questions de son esprit. Un agent temporel ne s'interrogeait pas, il exécutait les ordres des Maîtres !

Son visage était de nouveau impénétrable quand il entra dans la coupole. Une bande de transport l'emmena à la centrale. La salle, circulaire, ressemblait au poste de commandement d'un navire. Les murs étaient couverts d'écrans surdimensionnés et une triple rangée de pupitres courait tout du long.

Une cinquantaine d'hommes et de femmes en uniforme s'y affairaient. Les Lémurs n'auraient jamais imaginé que leur chef n'était pas ce qu'il paraissait être. Un jeune homme de haute taille en uniforme bleu clair s'approcha de Frasbur. C'était le « secrétaire » du Tamrat.

— Plus tard, Vammat, plus tard, lui fit signe Frasbur. Établissez d'abord une liaison avec l'amiral Hakhat. Dites-lui qu'il se prépare à m'accueillir à son bord. J'utiliserai un transmetteur.

Frasbur avait parlé sans ralentir le pas. Il pouvait se fier à Vammat.

Le Tamrat traversa la centrale et franchit une lourde porte blindée. Deux colonnes de métal brillant de deux mètres de haut se dressaient au centre de la petite pièce. Dissimulé sous le plancher, le générateur délivrait suffisamment d'énergie pour élever l'ogive lumineuse du transmetteur. L'agent temporel pressa le contact du minuscule pupitre de contrôle placé près de l'entrée et entra les coordonnées du navire amiral de Hakhat. Le voyant de contrôle passa quelques secondes plus tard au vert. La liaison quintidimensionnelle était établie.

Pourtant, Frasbur attendit quelques instants. Il connaissait trop les habitudes des Maîtres Insulaires. Le voyant de contrôle s'éteignit et se ralluma presque aussitôt. Le transmetteur venait d'être réglé à distance sur une autre destination. En vérifiant les coordonnées affichées sur le pupitre, l'agent temporel s'aperçut qu'il s'agissait de celles du secteur des pyramides.

Il entra sans hésiter dans l'ogive lumineuse et se rematérialisa sur un cercle lumineux rouge et blanc. Il fit un pas en avant et se retourna. L'ogive avait disparu.

Il y avait environ six cents transmetteurs individuels extérieurs et intérieurs dans le secteur des pyramides. À moins d'un kilomètre, six croiseurs étaient en train de décoller dans un grondement infernal. Au-dessus d'eux, Frasbur aperçut un point lumineux qui grossissait rapidement.

Le disque, de quatre-vingts mètres de diamètre, se posa quelques instants plus tard. Les symboles inscrits sur sa coque indiquaient qu'il venait de Téfrod. Les Lémurs ne s'en méfiaient donc pas. Ils ne pouvaient pas savoir qu'en réalité, la jeune colonie d'Andromède n'existait pas. C'était juste une couverture idéale pour les agents temporels.

Frasbur commença à courir pour rejoindre la bande de transport la plus proche. Il était à peine arrivé près du navire qu'une voix retentit sur l'astroport :

— Tamrat Frasbur ?

— Oui, répondit l'agent, hésitant, en s'approchant.

Une ouverture se découpa juste sous l'anneau des propulseurs. Une vibration lumineuse apparut, qui se prolongea vers le sol jusqu'aux pieds de Frasbur.

— Veuillez approcher, Tamrat, reprit la voix transmise par les haut-parleurs.

L'agent temporel soupira imperceptiblement. Le ton de la voix indiquait qu'aucun Maître ne se trouvait à bord du disque. Si cela avait été le cas, la voix ne l'aurait pas « prié » mais lui aurait ordonné d'approcher.

La rampe antigrav le souleva comme une plume.

Quelques instants plus tard, le disque redécollait.

*
**

L'officier de liaison Multat était petit, mince et nerveux. Ses yeux clairs, légèrement rapprochés et contrastant avec sa peau mate, lui donnaient l'air d'un renard.

— J'ai été mis au courant de la situation, agent Frasbur, attaqua-t-il. Les Maîtres ont décidé qu'un agent de Téfrod devait entrer en scène pour justifier les mesures que vous allez devoir prendre.

— Vous êtes venu directement par Vario, n'est-ce pas ? demanda Frasbur.

Multat eut un rire ironique.

— Vous autres, qui vivez dans le passé, paraissez tous possédés par une incroyable curiosité. Je suis évidemment venu par Vario, agent Frasbur. Les Maîtres n'ont pas d'autre moyen de nous envoyer dans cette époque. Vous savez, la discrétion est une qualité appréciée chez nous. Trop de curiosité peut nuire, si vous voyez ce que je veux dire…

— Parfaitement, repartit Frasbur, la mine sombre. Occupons-nous de notre affaire. Je me suis déjà fait annoncer à bord du navire de l'amiral Hakhat et…

— Comment ? l'interrompit Multat. Avant que j'atterrisse ? Vous avez perdu la tête agent Frasbur. Comment auriez-vous pu savoir ce qu'il faut dire à l'amiral *avant* mon arrivée ?

Frasbur, l'un des plus puissants Tamrats de Lémur, un homme extrêmement respecté sur Kahalo, baissa humblement la tête. Il ne put pourtant s'empêcher de répliquer :

— L'amiral Hakhat ne sait rien du motif de ma visite, Multat. Il ne sera pas surpris de me voir avec vous.

— Un agent temporel doit éviter de donner ne serait-ce que l'impression qu'il agit précipitamment, Frasbur, riposta l'officier de liaison sur un ton un peu plus conciliant.

Les deux hommes étaient arrivés devant la porte d'une petite salle. Multat posa un petit appareil qu'il tenait dans le creux de la main sur le mur. La cloison coulissa.

— Après vous, Frasbur.

Les deux colonnes du petit transmetteur situé au centre de la pièce s'allumèrent aussitôt. Le boîtier de contrôle situé sur le mur afficha quelques secondes plus tard un symbole vert.

— Allez-y, ordonna Multat.

Frasbur fit un pas en avant pour traverser le rideau d'énergie et se retrouva sans transition dans la coursive qui menait au central du *Dodura*, le navire de l'amiral Hakhat. Multat l'avait suivi.

Deux officiers figés au garde-à-vous les attendaient. Ils saluèrent Frasbur sans prêter attention à Multat. Les Lémurs considéraient les colons de Téfrod comme des provinciaux attardés, indifférents de surcroît aux événements dramatiques qui agitaient leur galaxie mère. Cette méfiance était peut-être aussi due à un instinct qui disait aux Lémurs que les Téfrodiens et les Maîtres Insulaires, même s'ils en ignoraient l'existence, étaient les ennemis de la Première Humanité.

Par-devers lui, Frasbur se réjouit en se disant que Multat devrait dorénavant, tant qu'ils seraient à bord du *Dodura*, le traiter avec les mêmes égards que les Lémurs.

L'amiral, raide comme un piquet, les accueillit au

central. Ses yeux noirs et vifs détaillèrent Multat des pieds à la tête. Sans rien laisser transparaître de ce qu'il en pensait, il proposa aux deux hommes de s'asseoir.

Frasbur entra tout de suite dans le vif du sujet.

— Vous vous souvenez de cet énorme navire qui est sorti du transmetteur il y a quelques jours, amiral… ?

— Oui, gronda Hakhat. Il était commandé par une espèce de fou qui comptait attaquer tout seul le monde d'origine des Halutiens.

Les yeux de l'officier se rivèrent sur Multat.

— Excusez-moi, mais je considère toujours que, quels qu'aient été les ordres de Téfrod, ce malheureux commandant a été envoyé à sa propre perte. Malheureusement, il n'était pas en mon pouvoir de l'en empêcher.

— Vous auriez dû l'anéantir, lui et son navire ! jeta l'agent temporel d'un ton glacial.

L'amiral se redressa, piqué au vif.

— Je ne…

— L'envoyé Multat ne vous fait pas de reproche, amiral, intervint aussitôt Frasbur. Malheureusement, il est exact que ce commandant est venu jusqu'ici sans ordres de Téfrod. Il fait partie d'un groupe d'espions qui sont venus dans la Voie lactée pour essayer de conclure un marché avec les Halutiens.

— Leur objectif est de sauvegarder les quelques bases qu'ils possèdent dans la Galaxie, même s'il leur faut pour cela trahir l'Impérium, enchaîna Multat.

Le souffle coupé, l'amiral se releva de nouveau en s'exclamant :

— Dites-moi comment je peux les détruire et je le ferai !

Frasbur rit. Il avait d'ores et déjà gagné la partie.

— L'envoyé de Téfrod m'a communiqué des informations nouvelles. Le navire du traître devrait prochainement revenir ici. Il s'agit simplement de l'attirer dans un piège et, dès qu'il y sera, de le prendre sous un feu tel qu'il ne pourra pas en réchapper.

Sous sa couronne de cheveux blancs, les yeux de Hakhat devinrent des fentes.

— Vous pouvez être tranquilles, messieurs, considérez que le problème est déjà réglé, assura-t-il. Personne n'a jamais réussi à échapper à ma flotte.

CHAPITRE II

L'agrandissement du secteur montrait aussi une sphère aplatie entourée par un anneau de particules cosmiques. Saturne...

L'homme élancé qui était penché sur l'écran d'observation ne bougeait pas. Contrairement à son habitude, il portait un spatiandre par-dessus sa combinaison de bord. Sur sa hanche droite, fixé par un clip magnétique sur une large ceinture, on apercevait un radiant lourd à impulsions.

Une quarantaine d'hommes, également en spatiandre, s'affairaient sous la haute coupole du central. Un murmure sourd, fait de milliers de bruits quasiment inaudibles, faisait bourdonner le saint des saints du vaisseau. La légère vibration que l'on percevait sur le plancher indiquait que les énormes générateurs du monstre de l'espace tournaient à une fraction de leur capacité.

Un homme de taille élevée, aux cheveux blancs comme la neige et aux yeux couleur rubis, s'approcha de celui qui observait l'espace. Trois lettres d'or, O, M, U, se détachaient sur la poitrine de son spatiandre.

— C'est une impression si étrange que seul un schizophrène pourrait la supporter sans avoir le vertige, dit l'homme debout devant l'écran sans se retourner.

— Un schizophrène ou... un Terrien ! repartit l'autre.

Les deux hommes se regardèrent droit dans les yeux. Un sourire crispé éclaira fugitivement leurs visages.

— Tu viens de la positronique centrale ? s'enquit le Stellarque du plus puissant empire de la Galaxie.

— Vraiment, je vous envie, vous autres petits barbares, répondit l'ancien empereur d'Arkonis. Vous arrivez à encaisser les pires coups du sort sans que votre confiance en l'avenir soit ébranlée.

— Tes compliments sont superflus, Arkonide. Ma confiance a été quelque peu ébranlée, ces derniers temps. Tu as du nouveau sur le message qu'Orghon a envoyé ?

— Grâce au chef de ton centralcom, oui. Sans lui, le cerveau P n'aurait jamais réussi à le décrypter.

Atlan inspira profondément avant d'annoncer à son ami ce qu'il venait d'apprendre.

— Le jeu de cache-cache est fini, Perry. Les Maîtres Insulaires savent maintenant exactement à qui ils ont affaire. Orghon savait déjà qui nous étions avant même de monter à bord du *Krest III*. Il avait déchiffré le nom du vaisseau sur la coque. Son dernier message ne peut leur laisser aucun doute, puisqu'il y affirme : « Il s'agit certainement du vaisseau amiral de l'Empire solaire. Par ailleurs, j'ai reconnu le Stellarque, Perry Rhodan. » L'un des seuls avantages dont nous disposions jusqu'à présent face aux Andromédans vient de disparaître...

Atlan n'avait pas baissé la voix pour annoncer la nouvelle. Il aurait été absurde de vouloir cacher la nouvelle aux officiers supérieurs du vaisseau.

Les yeux fixés sur l'Arkonide, Perry Rhodan ne bougeait pas. Autour d'eux, le silence s'épaississait rapidement, comme si l'air se glaçait de proche en proche. Le Stellarque se retourna vers l'écran d'observation ou Saturne n'avait pas bougé. Le *Krest III* avait exactement calqué sa vitesse sur celle de la planète.

— Il fallait que cela arrive tôt ou tard, dit-il finalement en s'écartant d'un geste brusque de l'écran.

Malgré la présence de l'activateur cellulaire sur sa poitrine, qui gommait en permanence les effets du temps sur son organisme, son visage paraissait avoir vieilli d'un seul coup.

— Tout ça pour une seule erreur dans le passé... reprit-il. Un passé qui se trouve dans un lointain futur. Si les quatre agents que nous avions envoyés vers Andro-Alpha n'avaient pas été capturés et dupliqués, Orghon ne nous aurait jamais reconnus.

Atlan haussa les épaules d'un air résigné.

— Tu as raison, poursuivit Rhodan. Ce qui importe, maintenant, c'est ce que les Maîtres Insulaires vont entreprendre maintenant contre la Voie lactée. Jusqu'ici, ils nous considéraient comme d'inoffensifs trublions qui ne réussiraient jamais à atteindre la

Nébuleuse. Ils savent dorénavant que nous y sommes depuis longtemps et que nous avons commencé à y miner leurs positions. Ils vont contre-attaquer et ce probablement en essayant d'éliminer la racine du mal.

Atlan grimaça un sourire.

— Non seulement les Andromédans laissent les Halutiens chasser la Première Humanité de la Galaxie, mais ils vont veiller à ce que ses lointains descendants, c'est-à-dire nous, soyons définitivement rayés de la carte.

La remarque du Lordamiral avait éveillé une flamme dure dans les yeux de Rhodan.

— Du moins, il vont essayer, lança-t-il.

— Comment veux-tu les en empêcher ? s'exclama Atlan. Nous sommes prisonniers du passé. Nous ne pouvons même pas alerter l'Empire !

— Tu oublies le colonel Sheldon et ses hommes, rappela Rhodan. Je suis sûr qu'ils finiront par mettre la main sur un agent temporel sur Lémur. Orghon n'était pas seul. Sheldon trouvera la clé qui nous ramènera dans le futur.

— Trois hommes sur la planète centrale d'un empire en guerre, trois hommes contre un réseau bien implanté, doté de moyens technologiques ultrasophistiqués ! objecta Atlan. L'écran d'Orghon a même résisté aux tentatives de L'Émir !

Le Stellarque eut un sourire.

— Pas « trois hommes », corrigea-t-il. Pendant que tu t'occupais du message d'Orghon, Sheldon nous a contactés. Notre petit ami Log, le robopsy, est avec eux. Tu sais ce que cela signifie ?

Le visage de l'Arkonide s'éclaira.

— Je pense que oui. Si ce petit monstre se déchaîne, Lémur va croire que l'enfer existe vraiment !

*
**

La nuit tomba avant que les hommes du commando Lémur aient pu assembler les éléments de leur transmetteur de secours.

Une nuit étrange, bien différente de celle que la Terre connaîtrait des milliers d'années plus tard. Le firmament rougeoyait comme des milliers de braises. Des éclairs brûlants traversaient sans cesse la nappe de poussière cosmique de Zeus, où les réactions nucléaires se poursuivaient toujours.

— Quand on pense que cette torche allumée par les Halutiens brûle depuis presque un siècle déjà, dit le lieutenant Messier, la tête levée vers le ciel.

— Cela correspond exactement au début du Quaternaire, le dernier âge glaciaire, compléta Aïno Uwanok. La poussière cosmique provoquée par l'explosion de Zeus absorbe trop de lumière solaire. Sur Terre, la température continuera de baisser encore pendant longtemps.

— Pourtant, les Lémurs sont suffisamment avancés pour pouvoir éliminer toute cette poussière cosmique, intervint le colonel Sheldon.

— Avec les Halutiens sur le dos, ils ont autre chose à faire, rappela Log.

Une détonation sèche retentit, suivie du grondement d'un radiant lourd. Les trois hommes, abrités dans un dédale de rocs situés au pied d'un glacier, sortirent leurs armes. Le robopsy ne bougea pas. Apparemment, il avait décidé de se cantonner au rôle d'ange gardien du commando.

Aïno Uwanok atteignit le premier l'extrémité du couloir rocheux et observa la pente qui s'étendait devant. L'odorat très développé de l'Eskimo perçut aussitôt une odeur de viande et de fourrure brûlées. À deux cents mètres de lui, de petites silhouettes humaines s'agitaient autour d'une grosse masse inerte.

— On dirait un mammouth, chuchota Uwanok à l'oreille du colonel, qui venait de le rejoindre.

— Et les chasseurs ?

Un petit rire retentit derrière eux. Pour une fois, ce n'était pas Log, mais le lieutenant Messier.

— Des sauvages de l'âge des cavernes en train de chasser le mammouth avec des radiants ! s'exclama-t-il à voix basse. Mes professeurs de paléontologie auraient tous une attaque s'ils voyaient ça.

— Dans deux ou trois générations, il ne restera vraiment plus que des sauvages ici, rappela Uwanok d'une voix sombre. Une fois leurs dernières réserves d'énergie épuisées, les descendants des Lémurs qui auront échappé aux commandos d'extermination halutiens devront réinventer le feu et tailler des silex pour chasser…

— Quelle pitié ! s'exclama le lieutenant.

Pendant que les Lémurs découpaient de gros quartiers de viande du mammouth, des hurlements de loups commencèrent à retentir aux alentours.

— D'ici peu, il y aura toute une meute ici, dit le colonel Sheldon. Il vaut mieux quitter le coin.

Un quart d'heure plus tard, les trois hommes avaient rassemblé le matériel et s'élevaient grâce aux antigravs de leurs spatiandres au-dessus du glacier.

*
**

Le vingt-deuxième signal retentit sur le pupitre du technicien chargé du contrôle des sondes d'exploration. Elles étaient toutes rentrées…

Quelques minutes plus tard, Perry Rhodan convoqua l'état-major de l'ultracroiseur à une réunion autour de la table de navigation du central.

Les premiers officiers étaient déjà installés quand une silhouette de colosse, vêtue d'un spatiandre vert, fit son entrée dans le poste de commandement. Chaque pas d'Icho Tolot faisait trembler le plancher de terkonite. Le géant s'approcha de Rhodan et braqua ses trois yeux rouges sur le Terrien.

— Vous permettez que j'assiste à la réunion, commandant ?

— Bien sûr, Tolotos, vous savez bien que vous n'avez pas besoin de le demander.

Le Stellarque avait utilisé à dessein l'expression halutienne pour « ami ». Depuis leur arrivée en l'an 49 988 avant J.-C., Icho Tolot avait été moralement très secoué. En tant qu'historien et Halutien du futur, il connaissait le passé guerrier de son peuple. Mais de constater que ses ancêtres se comportaient comme des brutes sanguinaires, de véritables machines à tuer, et qu'ils exterminaient sans le moindre état d'âme les ancêtres de ses amis terriens le mettait mal à l'aise. Profondément pacifique, Icho Tolot éprouvait de surcroît un sentiment quasi maternel de responsabilité à l'égard des humains. Il les considérait comme des enfants qui avaient besoin d'être protégés et se sentait obligé de veiller sur eux.

— Vous pouvez y aller, dit Rhodan en faisant un signe de tête à l'officier de la détection.

Une projection tridimensionnelle des enregistrements des sondes s'éleva au centre de la table.

Depuis la mort d'Orghon, le *Krest III* était entré dans la clandestinité la plus totale. Les Lémurs ignoraient ce qui s'était vraiment passé avec leur Tamrat, mais le moindre soupçon les jetterait comme des requins sur les traces de l'ultracroiseur. Abrité près de Saturne, le vaisseau amiral observait le reste du système solaire à distance, grâce à ses sondes automatiques.

La projection montrait un immense astroport couvert de milliers de navires, des transporteurs pour la plupart. Rhodan estimait que les géants d'acier pouvaient évacuer une centaine de milliers de réfugiés lémuriens toutes les heures. Des milliers d'installations portuaires similaires devaient exister dans tout l'Impérium. Mais les Halutiens en avaient déjà détruit une bonne partie et les flottes militaire et marchande de Lémur avaient été décimées, si bien que la plupart des habitants des colonies lémuriennes devraient être abandonnés à la fureur halutienne.

Une autre sonde prit le relais. Cette fois, on voyait la totalité de Lémuria depuis l'espace. L'énorme continent comprenait les actuelles Amériques et une bonne partie de l'océan Pacifique. D'innombrables glaciers descendaient des chaînes de montagnes qui bordaient le continent à l'est et à l'ouest. La glace, épaisse de deux à trois cents mètres avalait tout sur son passage : villes, parcs naturels, astroports. À la fin de la glaciation, quarante mille ans plus tard, il ne resterait rien de la splendeur de Lémuria.

L'objectif de la sonde se rapprocha d'une tache noire située dans une zone encore épargnée par les glaces. De plus près, on voyait qu'il s'agissait en fait d'un immense cratère rempli de magma en fusion. Large de quarante kilomètres, il s'étendait inexorablement. Les masses colossales de remblais que les Lémurs disposaient tout autour ne l'empêchaient pas de ronger le continent.

Une escadre halutienne avait fait une percée quelques années plus tôt. Tous les navires avaient pu être détruits dans l'espace, sauf un. Le commandant du navire connaissait parfaitement les lieux et il avait tout fait pour atteindre le seul transmetteur planétaire lémurien qui permettait de rejoindre directement le transmetteur galactique des Sextuplées. Les installations avaient été détruites par une seule bombe à fusion nucléaire. Depuis, le processus de désintégration se poursuivait.

La sonde s'éloigna, révélant à maints endroits des zones illuminées de rouge.

— C'est encore une nouvelle preuve..., dit Rhodan.

— De quoi ? demanda Atlan.

Le Stellarque se tourna vers l'Arkonide.

— Les ogives des transmetteurs sont les mêmes que celles qu'utiliseront les Akonides dans l'avenir.

— Tu n'as pas besoin de me le rappeler sans cesse,

Terrien ! s'exclama Atlan. Je sais que nous autres Arkonides descendons d'une colonie lémurienne, que vous êtes les véritables héritiers de la Première Humanité et que le mépris dont Arkonis a fait preuve à votre égard était totalement injustifié. Que te faut-il de plus ?

Perry Rhodan ne répondit pas.

La sonde montrait maintenant quelques-uns des milliers de forts planétaires qui attendaient l'ultime offensive des Halutiens pour déclencher un colossal tir de barrage. Malgré leur puissance les générateurs lémuriens finiraient eux aussi par être détruits…

Un appel urgent fit sonner l'intercom du Stellarque. C'était le professeur Hong Kao, le chef de la section de mathématiques. Rhodan lui demanda de les rejoindre à la table de navigation.

Les résultats de l'analyse de la situation par la positronique centrale étaient alarmants. Le Stellarque prit la parole dès que Hong Kao eut fini son exposé.

— Notre ami halutien…, commença-t-il en pesant sur ses mots pour souligner que les événements auxquels ils assistaient ne remettaient pas en cause la confiance qu'il accordait à Icho Tolot. Notre ami halutien, donc, reprit-il, m'a soumis il y a une heure un plan d'urgence. Comme la positronique centrale arrive au même résultat, je voudrais que vous nous expliquiez ce plan en détail, Tolot.

Le géant se pencha en avant, provoquant un craquement lugubre dans son fauteuil de plastométal à haute densité moléculaire, pourtant spécialement réalisé pour lui.

— Les Maîtres Insulaires ont identifié leur mystérieux adversaire, c'est à dire l'Empire solaire, expliqua-t-il. S'ils décident de se venger en attaquant la Galaxie, leur offensive sera brutale et prendra l'Empire de court. Pour moi, il est certain qu'ils attaqueront. La seule question, c'est : comment ? Grâce aux doublons des agents qu'ils ont réussi à capturer il y a trois ans, ils disposent de toutes les informations possibles sur l'Empire, sa structure et ses forces...

Le Halutien fit une pause pour que chacun s'imprègne bien de la gravité de ce qu'il disait, puis il reprit :

— Il faut absolument alerter l'Empire, ce qui veut dire que nous devons retourner dans notre présent. Pour atteindre le transmetteur temporel de Vario, nous devons repasser par celui des Sextuplées. Le Lord-amiral Atlan a réussi à abuser l'amiral Hakhat une première fois. Nous pouvons de nouveau tenter notre chance. Une fois dans la Nébuleuse, nous aurons une chance de retrouver Vario.

Atlan leva la main pour prendre la parole.

— Je rejoins complètement l'avis de Tolot sur l'objectif que nous devons nous fixer. Par contre, je suis plus réservé quant à la manière de procéder. Passer par le transmetteur des Sextuplées me paraît très risqué. Nous ne sommes pas maîtres de la station de contrôle de Kahalo. Imaginons que l'amiral Hakhat ne veuille pas nous livrer passage. Comment lui expliquer que nous voulons rentrer vers Téfrod sans avoir attaqué les Halutiens ?

— Je peux du moins vous garantir une chose, Amiral, répondit Tolot. Les transmetteurs, que ce soit celui des Sextuplées ou de Vario, fonctionnent en permanence vers les bonnes destinations. Les Lémurs évacuent vers Andromède et les Maîtres Insulaires entretiennent sûrement des contacts permanents avec leurs agents temporels par Vario. De plus, il doivent sûrement envoyer sans cesse des Lémurs destinés à être dupliqués vers le futur.

Perry Rhodan laissa passer quelques instants.

— D'autres questions, messieurs ? demanda-t-il.

Atlan secoua la tête.

— Dans ce cas, je suis prêt à tenter l'opération. C'est la seule chance qui nous reste. Nous partons dans une heure, ajouta-t-il en se levant. Kasom, appelez le commando Lémur et dites-leur de rejoindre le *Krest III* au plus vite par leur transmetteur.

Vingt minutes plus tard, le *Krest III* appareillait. Le Stellarque se souvint de l'ordre qu'il avait donné à Kasom et appela l'Étrusien.

— Vous savez qu'il est d'usage dans la flotte de rendre compte d'un ordre dès qu'il a été exécuté, Kasom ?

— Bien sûr, commandant, article 232 du livret de l'astromarine, répondit le colonel. Le seul problème, c'est que j'appelle sans cesse Sheldon et qu'il n'a toujours pas répondu…

La mâchoire du Stellarque se contracta. Il avait lui-même envoyé Sheldon et ses deux hommes sur Lémur.

— Je vous donne encore dix minutes, Kasom.

Le délai écoulé, le *Krest III* accéléra de toute sa puissance pour sortir du système solaire.

Le commando Lémur n'avait toujours pas donné signe de vie…

CHAPITRE III

La patrouille lémurienne les surprit au moment où ils sortaient d'une vallée. Malgré les déflecteurs qui rendaient les Terriens invisibles, les détecteurs lémuriens les avaient localisés.

Le colonel Sheldon se rendit tout de suite compte qu'il serait absurde de vouloir fuir. « Iceberg » lança un bref avertissement à ses hommes et ouvrit le feu.

Sa réaction était venue une fraction de seconde trop tard. Sa première salve fut aussi la dernière. L'écran du Lémur qu'il avait touché s'effondra. L'homme disparut dans un nuage de gaz.

Aussitôt l'écran protecteur du Terrien s'embrasa à son tour. La surcharge d'énergie était telle que la température à l'intérieur de son spatiandre atteignit près de cinquante degrés en l'espace de quelques secondes. Heureusement, son champ antigrav était encore activé et l'impact de la salve le propulsa à une dizaine de mètres de là.

Messier et Uwanok ne s'en sortirent pas mieux.

Quand le colonel rouvrit les yeux, il se retrouva nez à nez avec le canon d'un radiant lémurien. Il sentit qu'ils étaient en mouvement. Les Lémurs les avaient chargés sur la plate-forme d'un glisseur. Sa peau le brûlait encore, comme si on l'avait passé au gril.

Bien qu'il fût solidement attaché, le Terrien put vérifier qu'il n'avait rien de cassé. Il se demanda ce que Log était devenu. Le robopsy aurait pu intervenir pour empêcher leur capture, mais il n'avait rien fait.

On ne surnommait par le colonel Sheldon « Iceberg » pour rien. Il chassa aussitôt toutes ses pensées noires pour se concentrer sur sa situation. Ses deux compagnons étaient allongés près de lui. On leur avait retiré tout leur équipement. Deux traits noirs marquaient l'emplacement des sourcils brûlés de Messier.

Le glisseur s'arrêta quelques minutes plus tard. Le garde lémurien le fit descendre sans douceur du glisseur.

— Alors, bien dormi ? s'enquit ironiquement le Lémur.

L'homme s'était exprimé en téfroda, la langue de la Première Humanité. Sheldon se dit qu'il n'avait aucun intérêt à cacher qu'il le parlait aussi.

— Oui.

Le garde lui retira les liens qui entravaient ses jambes. Sheldon contracta ses muscles. Si personne ne les observait…

Hélas, si.

Deux Lémurs, radiants braqués, observaient le groupe sur le côté. Comme les Terriens, leurs descendants, les Lémurs n'étaient pas des adversaires qui se laisseraient berner par une ruse grossière.

Une brusque poussée propulsa le colonel en avant.

— Allons-y ! clama l'un des gardes.

Ils se dirigeaient vers un bâtiment cubique, situé à une cinquantaine de mètres du glisseur.

Arrivé à mi-chemin, alors qu'il se demandait comment ils allaient être interrogés, Sheldon s'arrêta net. Une petite silhouette noire venait d'apparaître près du bâtiment militaire. Log !

Apparemment, les Lémurs n'y prêtaient aucune attention. Le robopsy travaillait-il avec eux ? À moins que…

— En effet…, affirma Log.

Stupéfait, Sheldon s'aperçut que les Lémurs ne réagissaient toujours pas. Le robot était minuscule, mais quand même !

— Tu as raison, colonel, dit Log de sa voix aiguë. Il y a un problème. Leurs yeux me voient, mais leurs cerveaux refusent d'enregistrer ma présence. Tu as déjà entendu parler de l'invisibilité mentale ?

« Iceberg » comprit ce qui se passait. Parmi tout l'arsenal de ses capacités paranormales, Log était aussi fascinateur. Il avait influencé les Lémurs par suggestion et leur avait imposé un blocage post-hypnotique. Pour eux, il était invisible et inaudible.

— Voilà, tu as compris, reprit Log, tout comme tu as saisi que je ne voulais pas intervenir avant d'avoir vérifié qu'il n'y a pas de robots dans le poste militaire. Je n'aurais pas pu les influencer.

Le Terrien allait lui poser une question, mais Log fut plus rapide.

— Inutile d'alerter les gardes. Tu n'as pas besoin d'ouvrir la bouche pour me parler. N'oublie pas que je suis télépathe.

— *Qu'est-ce que tu attends pour nous délivrer ?* pensa Sheldon. *Nous avons une mission à remplir !*

— Un peu de patience, mon ami, repartit Log. Quand nous serons dans le bâtiment...

— *Pourquoi seulement dans le bâtiment ?*

— Vous allez d'abord être interrogés, claironna Log. Peu importe ce que vous raconterez, les Lémurs ne vous croiront pas. Alors, ensuite, ce sera au tour des Tamrats de venir vous voir. Ils sont sur la base, dans le grand bâtiment que tu vois là-bas derrière.

*
**

Le colonel Sheldon fut poussé au centre d'une table en forme de U. L'officier qui était assis au bout le dévisagea. Il était très jeune, vingt ans tout au plus, mais sa veste d'uniforme arborait déjà une impressionnante série de médailles. *Un fanatique zélé,* se dit le Terrien.

— Vous avez été arrêtés à la limite du secteur de sécurité 84, dans la zone 33, affirma le Lémur. Vous vous êtes opposés par la force à la patrouille et avez tué l'un de ses soldats.

Les yeux éveillés du jeune homme observaient le moindre battement de paupières de Sheldon .

— Conformément au paragraphe 740 C du code de la guerre, vous encourez la peine de mort.

740 C ! pensa le colonel. *En ce qui concerne les règlements, ils n'ont rien à envier à l'astromarine !*

— La mort du soldat est intervenue lors d'une opération militaire, objecta Sheldon.

Le Lémur sourit ironiquement.

— Ah oui ? Une opération militaire ? Puis-je savoir quel autre pouvoir aurait autorité ici, sur Lémur ?

« Iceberg » Sheldon était certain que rien de ce que les soldats avaient saisi sur eux ne pouvait trahir leur véritable origine. Melbar Kasom avait personnellement vérifié la totalité de leur équipement. Le Terrien pouvait donc inventer n'importe quelle histoire.

— Nous venons de l'intérieur de Pluton, affirma-t-il tranquillement. Nous avons été cryogénisés il y a environ cent mille ans, au moment de l'effondrement de la Première Humanité, et nous avons été réveillés pour faire valoir nos droits sur cette planète.

— Pluton est grand, rétorqua le jeune officier sans s'émouvoir. Pourriez-vous me donner une adresse exacte ?

— Si vous voulez…

La patience du Lémur était déjà à bout. Il frappa du poing sur la table en criant :

— Ça suffit ! Vous n'êtes pas là pour raconter la première stupidité qui vous traverse l'esprit ! À quel groupe de rebelles appartenez-vous ?

— Tiens, il y a des rebelles sur Lémur ? rétorqua Sheldon en haussant les sourcils.

— Quelques pillards qui essaient de mettre à profit la situation, en effet. Je vous préviens, si vous ne répondez pas à mes questions, je vous fais exécuter sur-le-champ sans autre forme de procès.

Inébranlable, le Terrien le considéra calmement et

n'ajouta pas un mot. Toutes les tentatives du Lémur pour en tirer un son furent vaines.

Au bout d'un moment, convaincu que rien ne pourrait faire changer son prisonnier d'avis, l'officier appela un garde pour l'emmener.

Il fut enfermé dans un cachot d'un mètre sur deux. L'unique ampoule du plafond était éteinte. Son seul lien avec l'extérieur était l'ouverture grillagée, large de vingt centimètres, qui se trouvait dans la porte.

Sheldon se résigna et s'assit par terre contre le mur. Une minute plus tard, il plongeait dans un profond sommeil.

Le garde lémurien qui revint le chercher un peu plus tard dut le réveiller. L'homme n'en croyait pas ses yeux.

— Qu'est-ce qui se passe, grommela le colonel. Ce jeune singe veut encore me faire perdre du temps ?

Un geste impérieux du radiant du garde réussit à le convaincre de se lever. L'homme surveillait le moindre de ses gestes et se méfiait. Sheldon se dit à nouveau que, sans Log, il n'aurait aucune chance de fausser compagnie aux Lémurs.

Il fut ramené dans la même salle que la première fois. Le jeune officier avait disparu. À sa place, plusieurs hommes âgés, vêtus de manteaux de couleur, s'étaient installés autour de la table.

Des Tamrats ! se dit Sheldon .

— Alors, qu'est-ce que j'avais dit ! s'exclama une voix flûtée au fond de la salle.

Sheldon chercha à voir d'où venait la voix du petit robot. Il le vit en atteignant le centre de la table. Log était installé sur une chaise placée près de l'un des Tamrats.

— Cette mascarade a assez duré ! attaqua le Terrien.

L'un des Tamrats rougit violemment et se leva à demi.

— Que… ?

Mais l'homme s'interrompit brusquement, comme s'il ne savait plus ce qu'il voulait dire, et enchaîna :

— Vous avez raison, colonel Sheldon. Que pouvons-nous faire pour vous être agréables ?

Sans se laisser émouvoir par ce brusque renversement de la situation, le Terrien annonça tranquillement :

— Nous avons surtout besoin de vos vêtements et de vos laissez-passer.

— Et de nos minicoms ! ajouta le lieutenant Messier, qui fit son entrée avec le radiant de l'un des gardes placés à l'entrée de la salle.

Le plus âgé des Tamrats donna les ordres correspondant à un garde, tandis que les autres ôtaient leurs vêtements.

Dès qu'il eut son minicom, Sheldon envoya un signal d'appel ultracondensé au *Krest III*. Le vaisseau amiral aurait au moins dû se manifester sous forme d'un bref bip en retour.

Surpris, le colonel lança un nouvel appel.

Toujours rien.

— Je reviens, avertit Log.

De retour quelques secondes plus tard, le robopsy annonça :

— Le *Krest III* a disparu.

*
**

Le système de Kahalo se trouvait à cinquante mille années-lumière de la Terre, et le *Krest III* avait déjà eu besoin de sortir cinq fois de l'entrespace pour faire le point.

— Comme nous pouvions nous y attendre, la structure interne de la Voie lactée n'a guère changé en cinquante mille ans, fit observer Rhodan à Atlan.

— Qu'est-ce que tu espérais ? s'étonna l'Arkonide.

— On ne sait jamais, peut-être aurions-nous pu sortir de ce plan temporel. Un homme se cramponne toujours aux espoirs les plus fous, tu ne le savais pas ? demanda Rhodan en riant.

— Les Maîtres Insulaires nous ont envoyés ici. Tu ne vas pas imaginer que le processus est spontanément réversible, non ?

— De là où nous sommes, nous pouvons atteindre Kahalo d'une seule traite, répondit Rhodan en changeant de sujet. Qu'est-ce que tu en penses ?

— Je crains que la flotte de l'amiral Hakhat ne réagisse un peu trop vivement en nous voyant surgir brutalement.

— Ce n'est pas impossible, en effet, intervint Icho Tolot, mais je crois que nous devrions quand même y aller. Leur positronique est aussi performante que la nôtre et ils ne tirent pas sans sommation sur le premier navire qui apparaît.

Perry Rhodan appela le colonel Rudo par intercom.

— Oui, commandant ?

— Vous allez pouvoir y aller, colonel. Comme vous

le souhaitiez, nous allons rejoindre Kahalo directement.

— Vingt-neuf mille années-lumière d'un coup, c'est parti ! gronda la voix de l'Epsalien.

Le grondement des propulseurs fit de nouveau vibrer la colossale coque de terkonite. Une fois la vitesse de croisière atteinte, le bruit s'atténua jusqu'à devenir presque imperceptible. Le *Krest III* s'enfonça dans l'entrespace, cette zone mystérieuse située entre deux dimensions, sans que personne ne remarque la transition.

*
**

Debout sur l'astroport, Frasbur observa le navire de l'officier de liaison jusqu'à ce qu'il ne soit plus qu'un petit point lumineux dans le ciel.

L'agent temporel rejoignit le transmetteur le plus proche à grandes enjambées. Son manteau de Tamrat claquait au vent.

C'était toujours la même histoire. Quelle que soit l'époque où il se trouvait, dans le futur ou dans le passé, il manquait toujours de temps. Les Lémurs sélectionnés pour le multiduplicateur attendaient de partir vers le futur dans la salle située juste derrière la mémostation. Les Maîtres Insulaires, qui manquaient de Téfrodiens, attendaient impatiemment leur arrivée. Mais les Lémurs devaient subir a préalable une préparation psychique soigneuse. Tout cela demandait du temps, beaucoup de temps. Il fallait effacer de leur cerveau tous les souvenirs qui auraient pu leur rappeler d'où ils venaient vraiment et leur instiller goutte à goutte tout le savoir dont les doublons auraient besoin pour bien servir les Maîtres.

Frasbur atteignit enfin le transmetteur de plein air qu'il avait déjà utilisé pour venir. Il allait falloir qu'il repasse par son bureau pour rejoindre la mémostation. Évidemment, aucun transmetteur n'y conduisait directement.

Vammat, son secrétaire, l'attendait impatiemment. Il voulait lui faire signer des papiers urgents. Frasbur refusa d'un geste et s'engouffra dans son bureau. De là, il emprunta son ascenseur pneumatique pour aller à sa bibliothèque, deux cents mètres sous la surface de Kahalo.

La pièce était agréable. Couverte de lambris de bois, elle comprenait une bibliothèque chargée de quelques milliers de volumes, un bureau de bois massif, deux fauteuils et un confortable canapé. Une fausse fenêtre ouvrait sur l'image d'un lac aux rives boisées.

L'agent entra son code dans le boîtier situé sur le montant de la bibliothèque. Le champ de camouflage disparut et la pièce se transforma comme par enchantement, devenant ce qu'elle était réellement. Un poste de contrôle ultramoderne comprenant un transmetteur personnel.

Il s'installa au pupitre de commande. Un grésillement l'avertit que le champ de transmission était établi. Il se dirigea sans hésiter vers l'ogive lumineuse et traversa le rideau d'énergie.

Deux secondes plus tard, sa bibliothèque retrouvait son apparence coutumière.

Le simple pas de Frasbur l'avait fait s'enfoncer de

plus de deux kilomètres à l'intérieur de la planète.

Il activa le mnémonisateur. Les corps inertes des Lémurs tressaillirent. Le flot d'informations avait repris, submergeant leurs cerveaux de souvenirs artificiels et de connaissances nouvelles, en avance de cinquante mille ans sur leur époque.

Maintenant que le processus de transformation mémorielle était enclenché, l'agent temporel avait un peu de temps devant lui. Il s'installa devant l'écran hypercom et appela le *Dodura*.

L'émetteur hypercom proprement dit se trouvant dans sa bibliothèque, personne n'aurait pu soupçonner que le Tamrat ne s'y trouvait pas. Un système complexe de soustraction d'image donnait de surcroît à ses interlocuteurs l'impression de voir la bibliothèque à l'arrière-plan.

Le visage de l'amiral, marqué par les ans mais aussi vif que celui d'un jeune homme, parut surpris.

— Tamrat Frasbur ?

L'agent temporel sourit.

— Où en sont vos préparatifs, amiral ?

La question parut déplaire à l'officier, qui se ressaisit pourtant très vite.

— Le secteur 1 a été avisé de laisser passer le vaisseau géant dès qu'il se présentera. La deuxième ligne de défense agira de même. Les lignes de défense intérieures ont été restructurées en une sphère très dense. Le vaisseau y trouvera une porte d'entrée, mais dès qu'il y sera, il ne pourra plus en sortir. Une fois le piège refermé, les unités de défense extérieures seront rapatriées en appui plus près de la planète.

— Avez-vous également pris contact avec la station de contrôle ? vérifia Frasbur.

— Un officier qui dispose de mon expérience n'oublie jamais un détail important, Tamrat. Le transmetteur sera alerté dès que le vaisseau géant sera signalé et désactivé dès qu'il sera entré dans le piège. Inutile de l'alarmer trop tôt.

— Parfait, souvenez-vous que le commandant du vaisseau vous contactera dès son arrivée en vous demandant une autorisation de passer par le transmetteur. Ce sera tout, amiral. Merci, et à plus tard.

Satisfait, l'agent temporel revint à ses occupations.

Dans quelques heures au plus, l'Empire solaire allait perdre son chef, et lui, Frasbur, aurait sauvé sa tête.

*
**

L'énorme vaisseau spatial jaillit à toute allure de l'espace linéaire et se dirigea sans ralentir vers les premiers rangs de la flotte de Kahalo.

Perry Rhodan avait repris sa place habituelle, juste derrière le commandant du *Krest III*. Ses yeux couraient d'un écran à l'autre, observant tout sans faire le moindre commentaire.

Le piège dans lequel il était tombé dans le système de Vario était l'une des défaites les plus graves de toute son histoire. Totalement coupé de l'humanité, maintenant totalement exposée à une attaque des Maîtres Insulaires, il frissonnait en pensant qu'ils pourraient échouer dans leur mission et rester prisonniers du passé.

Jusqu'à présent, tout se passait normalement. Une simple identification avait suffi pour que les croiseurs lémuriens les laissent passer. Les choses seraient plus délicates quand ils demanderaient l'autorisation d'entrer dans le transmetteur. Le Stellarque se souvenait très bien du visage de l'amiral Hakhat. Le Lémur était expérimenté. C'était sûrement un adversaire coriace. S'il se méfiait, la partie deviendrait très serrée.

Rhodan retrouva un peu plus confiance quand la deuxième ligne de défense de Kahalo les laissa passer.

Il se retourna en entendant des pas ébranler le sol. Le géant de Halut quittait le central.

Atlan se leva et prit place près d'un écran hypercom situé en périphérie du central. C'était lui qui avait eu le premier contact avec le commandant des forces spatiales de Kahalo. Il ne fallait pas que les Terriens apparaissent, Icho Tolot encore moins.

— Ne t'inquiète pas, tout va bien se passer, lança Rhodan, qui s'était approché pour l'encourager.

— Nous allons devoir ralentir l'allure en approchant des lignes de défense intérieures, dit l'Arkonide d'un ton sombre.

— Je sais ce que cela veut dire, mais nous ne pouvons pas faire autrement. Il nous reste encore cinq minutes, ajouta-t-il après avoir regardé sa montre.

Ils arrivaient en vue des rangs serrés des croiseurs lémuriens de mille huit cents mètres. Les navires, sphériques, ressemblaient en tout point à ceux des Téfrodiens. Descendants de la Première Humanité, comme les Terriens, les Téfrodiens étaient leurs cousins germains. La ressemblance frappante entre les hommes d'Andromède et ceux de la Voie lactée n'était plus un mystère.

— Tout cela ne me plaît pas, commandant ! intervint la voix de tonnerre de Cart Rudo.

L'Epsalien, aussi grand que large d'épaules, était une force de la nature. Sa voix portait d'un bout à l'autre de l'immense central sans qu'il eût besoin d'élever le ton. Outre leur force physique, les Epsaliens disposaient d'une telle vitesse de réaction qu'ils commandaient la plupart des unités superlourdes de la flotte solaire.

— Ils sont en train de nous ouvrir un passage au millimètre près, reprit Cart Rudo. Tout cela est trop net. Ils peuvent nous couper la route en un clin d'œil. Je crois que c'est un piège, commandant !

— Poursuivez, colonel, dit Rhodan, le visage figé. La moindre hésitation de notre part risque de les alerter.

L'Epsalien grommela quelque chose et se concentra de nouveau sur les commandes.

— Détection ! annonça une voix dans l'intercom. Deux navires lémuriens viennent de sortir du transmetteur.

— Du calme ! cria Atlan. J'appelle l'amiral Hakhat.

Le second coupa tous les haut-parleurs du central.

On aurait dit que l'amiral lémurien attendait l'appel du vaisseau géant.

Atlan lui trouva l'air plus tendu et le visage plus fermé que lors de leur premier entretien.

— Ici le commandant Atlan du vaisseau *Krest III*, de Téfrod. La première phase de ma mission est remplie.

Je demande autorisation de passage dans le transmetteur géant pour rejoindre Téfrod. Je dois absolument rendre compte à notre état-major avant de poursuivre les opérations.

— Navire amiral *Dodura* au *Krest III*. Demande accordée. Le transmetteur va être positionné en émission.

L'écran s'éteignit.

— Il n'a pas été particulièrement aimable, dit Perry Rhodan, songeur.

Avant qu'Atlan puisse répondre, l'air brasilla près des deux hommes. L'Émir se rematérialisa, l'air tout excité.

— Il faut dégager ! s'écria-t-il. C'est un piège. John et moi avons pu capter les pensées de quelques Lémurs. Le *Krest III* doit être détruit. Ils nous prennent pour des traîtres... Alors, faites quelque chose, qu'est-ce que vous attendez ?

Sans attendre la fin de la phrase du mulot, Rhodan ordonnait déjà :

— Colonel, accélération maximale pour nous dégager !

Les sirènes d'alarme émirent un bref signal à travers tout le vaisseau amiral.

— Feu concentré de toutes les batteries droit devant ! poursuivit le Stellarque pour la centrale de tir.

L'ultracroiseur résonnait sourdement sous les décharges de ses énormes tourelles de radiants.

Malheureusement, les Lémurs étaient prêts. La première salve du géant de l'espace était à peine partie que les bordées d'une centaine de croiseurs faisaient flamboyer son écran.

L'effroyable puissance de tir du *Krest III* faisait le vide devant lui. Les croiseurs lémuriens explosaient les uns après les autres, transformés en nuages de gaz incandescents.

Ses canons transformateurs faisaient de l'ultracroiseur un véritable bulldozer de l'espace, qui balayait tout devant son passage. Le spectacle de cette gigantesque boule de feu qui se précipitait vers les rangs serrés de centaines de croiseurs étincelants avait quelque chose d'hallucinant, d'héroïque.

Perry Rhodan serrait les poings. Ses mâchoires se contractèrent davantage, au point de devenir blanches, quand il vit une escadre lémurienne s'approcher pour leur barrer la route et perdre ses navires un par un. Pas un seul ne choisit de prendre la fuite. Le dernier explosa alors qu'il tirait encore.

— Ils n'ont peur de rien, dit Atlan.

— Cela n'a rien d'étonnant, répondit Rhodan, la voix rauque. Ils sont habitués à affronter les Halutiens, pour qui la mort n'a pas de sens. Les Lémurs ont fini par l'oublier, eux aussi. C'est pour cela qu'ils ont réussi à résister si longtemps aux ancêtres de Tolot.

Le colonel Rudo pianotait comme un possédé sur sa console. Ses doigts virevoltaient avec unc précision stupéfiante. L'Epsalien n'avait pas le droit à l'erreur. Un changement de cap au mauvais moment pouvait se solder par la perte du vaisseau amiral. L'enjeu était trop important pour qu'il coure un tel risque. Six voyants de son pupitre étaient passés au rouge, annonçant qu'autant de générateurs étaient hors service. Ils appartenaient tous au groupe qui alimentait les convertisseurs Kalup.

Perry Rhodan appela la salle des machines pour savoir ce qui s'était passé.

Apparemment, il n'y avait rien de grave. Une série de relais avait disjoncté, mettant les générateurs hors circuit. La panne serait réparée d'ici quelques minutes.

Le soulagement du Stellarque ne dura que quelques instants. Les Lémurs avaient exactement prévu ce qui allait se passer et de nouvelles unités arrivaient sans cesse de toutes parts.

La voie de l'entrespace leur étant fermée, l'issue du combat était facile à deviner.

Tel un lion, le *Krest III* infligeait des blessures terribles à ses adversaires, mais que peut un lion, à la longue, contre une meute de loups acharnés ?

CHAPITRE IV

« Iceberg » Sheldon se regarda d'un œil critique dans le miroir. Ses cheveux étaient coupés à la mode de Lémur et teints. Une crème de beauté fabriquée par les laboratoires du *Krest III* avait donné à sa peau le velouté mat caractéristique des habitants de l'Impérium. La ressemblance, encore soulignée par le manteau coloré du Tamrat, était quasiment parfaite.

Derrière lui, le lieutenant Messier essayait de draper son propre manteau de façon à ce qu'il ne traîne pas par terre.

— Vous n'y arriverez pas, lieutenant, dit Sheldon. Essayez de le raccourcir !

Aïno Uwanok sortit de sa poche un petit étui d'aluminium qui contenait un nécessaire de couture.

— Pas de problème, je m'en occupe !

Il s'empara du manteau de Messier, s'assit, fit un pli dans le tissu et piqua son aiguille.

— Ah ! s'écria-t-il.

— Qu'est-ce qu'il y a ? s'étonna le colonel.

— Je…, j'ai reçu comme un choc électrique et j'ai l'impression que le manteau ne veut pas se laisser faire ! balbutia l'Eskimo.

Messier et Sheldon éclatèrent de rire. Le colonel, qui connaissait bien Uwanok, s'approcha, curieux.

— Vous êtes sérieux, capitaine ?

— Bien sûr, mon colonel. Attendez, regardez bien, je vais recommencer.

Cette fois, le mouvement du tissu n'échappa pas aux deux hommes. Sa surface reculait devant la pointe de l'aiguille, comme s'il était vivant et refusait de se laisser piquer. Stupéfait, Sheldon s'empara sans douceur du manteau.

Une fraction de seconde plus tard, il poussait un cri et le laissait tomber par terre.

— Il vous a « mordu », colonel ? s'enquit Uwanok.

— Ce n'est pas la bonne expression, capitaine. Disons que c'était plutôt comme si quelqu'un m'avait renversé de l'acide concentré sur la main.

L'Eskimo ramassa le manteau, fait d'un tissu à carreaux colorés qui ressemblait un peu à un tartan écossais. Les manteaux des trois Tamrats étaient tous différents.

— Pourquoi est-ce qu'il ne vous brûle pas, vous ? s'étonna Messier en tendant la main pour froisser le tissu.

Ce qui devait arriver arriva. Le lieutenant poussa un cri aigu sous la brûlure.

— Vous êtes insensible à la douleur, capitaine, ou quoi ? demanda Sheldon.

— Autant vous le dire, avoua Uwanok. Jusqu'à

présent, seul le commandant Ha'lurin, de l'*Imperator*, était au courant. Depuis ma naissance, je suis totalement insensible à la douleur. Vous pourriez me brûler vif sans que je ressente quoi que ce soit.

— D'accord, capitaine, admit le colonel. Vous m'expliquerez plus tard comment vous avez fait pour être admis aux tests de sélection de l'Académie spatiale. Pour l'instant, nous allons devoir admettre que les manteaux des Tamrats sont faits de matière vivante. Nous allons les laisser là pour l'instant et poser quelques questions à nos prisonniers. Je n'aimerais pas être étranglé pendant mon sommeil.

Les quatre Tamrats, toujours sous l'influence du blocage posthypnotique de Log, étaient immobiles dans la pièce où les Terriens les avaient laissés. Aucun d'eux n'accepta de dire quoi que ce soit au sujet des manteaux.

En désespoir de cause, Sheldon appela Log à la rescousse.

Le robopsy émergea à nouveau du néant. Contrairement à ce qui se passait habituellement avec les téléporteurs, sa réapparition n'était pas accompagnée du petit bruit caractéristique de bouchon qui saute. Ce qui signifiait qu'elle ne provoquait aucun mouvement d'air et que Log, en réalité, avait été là tout le temps. Sans doute s'effaçait-il du regard de ses compagnons par suggestion.

Le petit robot semblait déjà savoir ce que Sheldon attendait de lui. Il se tourna quelques secondes vers le plus âgé des Tamrats.

— Je dois avouer que je suis moi-même étonné, dit-il

ensuite à Sheldon. Le secret des manteaux est protégé chez tous les Tamrats par un blocage mental extrêmement puissant.

— Qui leur a été implanté par qui ? s'exclama le colonel.

— Par eux-mêmes. Ils se sont soumis les uns les autres à la suggestion pour protéger le secret des manteaux, expliqua Log.

— Tu as pu découvrir ce qu'ils sont vraiment ?

— Un navire de reconnaissance les a ramenés de la planète Tarak il y a deux siècles. Personne ne sait s'ils appartenaient à sa flore ou à sa faune. Ils n'ont été soumis à aucun examen scientifique. Les Tamrats en ont fait le symbole de leur pouvoir, c'est tout. Pourtant, ce que j'ai appris va devoir vous obliger à changer vos plans.

— Ah oui ? repartit Sheldon, intéressé.

— Les manteaux vivants ne sont qu'une petite partie d'un secret plus vaste… Ces quatre Lémurs sont des savants qui travaillent sur l'observation des différents plans temporels. Ils ont développé une machine qu'ils appellent « l'œil du temps ».

— À première vue, c'est exactement ce qu'il nous faut, affirma tranquillement « Iceberg » Sheldon.

*
**

Il s'appelait Markam. C'était le plus vieux des quatre Tamrats et, simultanément, le chef d'une organisation scientifique appelée « Luna-Club ».

Ce qu'il avait révélé sous la contrainte hypnotique de Log en disait long sur le stade d'évolution psychique atteint par les Lémurs.

Le Luna-Club était une organisation parfaitement officielle, comptant à peu près autant d'hommes que de femmes. Son objectif déclaré était de transformer la Lune en une oasis habitable, d'en faire une sorte de centre de détente. Leur action avait déjà conduit à la construction de l'immense coupole de M'adun, qui occupait sur le satellite terrestre la totalité de la Mare Imbrium. Ce paradis de mille deux cents kilomètres de diamètre reproduisait certains des plus beaux paysages de Lémur. Le Pico, avec ses trois sommets caractéristiques culminant à 2 700 mètres d'altitude, était devenu le symbole même de M'adun.

En réalité, le centre n'était qu'une couverture. Deux mille spécialistes triés sur le volet y travaillaient en permanence pour mettre au point un appareil capable d'observer le passé et le futur. L'idée de l'œil du temps s'était imposée d'elle-même parmi les esprits lémuriens les plus brillants au fur et à mesure que l'Impérium s'étendait, rendant le contrôle stratégique et la prise de décision de plus en plus difficiles.

Les premières recherches avaient commencé des siècles plus tôt. Le Conseil des Tamrats les avait d'abord soutenues, avant de les interdire totalement. Au moment de cette décision, la totalité des chercheurs impliqués dans le projet avaient disparu sans laisser de traces.

Tirant les leçons du passé, le Luna-Club avait déjà préparé son entrée dans la clandestinité. M'adun avait été justement construite pour faire face à cette éventualité.

Le colonel Sheldon pouvait facilement imaginer pourquoi le Conseil des Tamrats avait décidé d'interdire les recherches temporelles. Les Maîtres Insulaires, qui l'infiltraient par leurs agents, n'avaient aucune envie de voir l'Impérium de Lémur mettre son nez dans leurs affaires.

D'après les informations fournies par Markam, les recherches du Luna-Club étaient sur le point d'aboutir. L'œil du temps qu'ils avaient construit était d'ores et déjà capable de remonter le temps de vingt mille ans dans le passé. Les problèmes du mouvement en aval, vers le futur, étaient nettement plus difficiles à résoudre et, pour l'instant, l'appareil n'était capable d'avancer que de deux minutes dans le temps.

Les renseignements de Markam concernant l'œil du temps remontaient à deux ans. Lui et ses trois collègues avaient été envoyés sur Lémur pour convaincre un physicien extrêmement doué de les rejoindre sur M'adun. Malheureusement, les Halutiens avaient été plus rapides qu'eux. Depuis le début de la guerre, 92 ans plus tôt, ils avaient réussi à s'infiltrer plusieurs fois à travers les défenses de Lémur. Le physicien était mort dans le bombardement de la ville qu'il habitait avant que les Tamrats aient pu le joindre.

Depuis, compte tenu de la situation, les quatre Lémurs n'avaient pas réussi à rejoindre la Lune. Les transports et navires des lignes régulières avaient tous été réquisitionnés à cause de la guerre.

Le colonel prit le temps de digérer tout ce qu'ils venaient d'apprendre. Le projet œil du temps était le secret le plus important de tout l'Impérium de Lémur.

Au bout d'un moment, il se tourna vers Log. Le robopsy, qui avait lu dans l'esprit du Terrien ce qu'il avait l'intention de faire, fit semblant de regarder ailleurs.

— Dis donc, Log, commença Sheldon. Il me semble que tu es loin de nous avoir fait profiter de toutes tes capacités, n'est-ce pas ?

— C'est exact, admit le robopsy.

— Alors, que dirais-tu de nous emmener sur la Lune. Par téléportation, bien entendu.

Log émit un petit ricanement cristallin.

— Ce sera possible, bien sûr, admit-il. Mais savez-vous bien à quels dangers vous vous exposez là-bas ?

— Allons, Log, tu sais comme moi que nous n'avons pas le choix.

— Très bien. J'ai imposé un bloc posthypnotique aux Tamrats et aux soldats de la base. Ils ne nous ont jamais vus et ignorent tout de nous. En ce qui me concerne, nous pouvons y aller. On va s'amuser...

La phrase du petit robot résonnait encore dans l'esprit du colonel Sheldon quand il s'aperçut qu'il était déjà à M'adun.

D'emblée, il remarqua que les choses risquaient de devenir rapidement « amusantes ». Pour les Lémurs, peut-être, mais sûrement pas pour les trois Terriens...

*
**

Le lieutenant Messier se recula d'un bond quand le tentacule fouetta l'air et s'abattit près de lui, sur la rive de la petite île.

Une masse noirâtre s'éleva du marais, juste devant

eux. Elle avait déjà atteint quatre mètres de haut quand la boue qui retombait dévoila les trois yeux du monstre.

« Iceberg » Sheldon les fixait sans émotion apparente.

— Rangez vos radiants, dit-il à ses compagnons.

— Nous n'allons quand même pas nous laisser avaler tout crus, protesta le lieutenant en raccrochant malgré tout son arme à sa ceinture.

Cette fois, le monstre lança simultanément quatre tentacules vers eux. Messier s'accroupit par réflexe. L'un des bras siffla au-dessus de sa tête. Aïno Uwanok, lui, gronda et sortit le poignard dont il ne se séparait jamais. Il frappa d'un coup sec dès que le tentacule gluant qui lui était destiné s'approcha à bonne portée. La lame en acier arkonide spécial était tranchante comme un rasoir. Un morceau de tentacule long d'un mètre cinquante retomba en gigotant sur un rocher et glissa dans l'eau.

Le monstre s'enfonça instantanément dans la vase. Seules quelques bulles d'air trahissaient encore l'endroit où il avait disparu.

— Dommage que le tentacule ne vous ait pas saisi, Uwanok, dit Sheldon. Nous aurions vu ce qui se serait passé…

— Comment ça ! s'exclama l'Eskimo, interloqué.

Le colonel secoua la tête en riant sans rien ajouter.

— La prochaine fois que je vois ce satané robot, je lui frotte les oreilles ! pesta Messier. Il nous envoie sur une planète marécageuse alors que nous devrions être dans la ville lunaire !

— Il n'a pas d'oreilles, de toute façon, tu perdrais ton temps, fit remarquer Uwanok. Je crois me souvenir qu'il a dit quelque chose comme « nous allons bien nous amuser ». Il faut reconnaître que son humour est assez particulier...

Soudain, le lieutenant poussa un cri en montrant le ciel.

Une ombre de huit mètres de large piquait vers eux. Les ailes de la bête étaient tendues d'un cuir épais et sa tête conique oscillait sous le corps au bout d'un long cou décharné.

Le lieutenant voulut à nouveau s'emparer de son radiant, mais le colonel avait levé la main.

— Un lézard volant, un ptéranodon, dit Uwanok. Qu'est-ce que ce fossile fait ici ?

Les trois hommes s'accroupirent pour éviter la bête, dont le bec claqua rageusement. Obéissant à l'instinct de ses gènes de chasseur, l'Eskimo avait projeté son poignard vers l'animal.

La lame se planta juste à la base de son cou et retomba.

— Expliquez-moi quelque chose, dit Uwanok en reprenant son souffle. Vous avez vu comme moi du sang couler sur le cou, autour de la blessure. Pourquoi n'y en a-t-il aucune trace sur ma lame ?

— Ce n'est pas tout, fit remarquer Sheldon. Si je ne m'abuse, la lame était enfoncée jusqu'à la garde. Comment a-t-elle pu retomber ?

— Je sais lancer un couteau ! protesta Uwanok.

— Bien sûr, capitaine, répondit Sheldon en écartant les mains. Le problème n'est pas là. Vous avez eu l'impression de toucher un lézard volant, alors qu'en réalité il ne s'agissait que d'un fantôme.

Messier eut un petit rire grinçant. Uwanok, lui, garda son calme. Il avait déjà eu affaire à des phénomènes similaires.

— Vous voulez dire, mon colonel, que nous ne sommes pas réellement là où nous avons l'impression d'être ?

— Exactement. Log a peut-être des circuits qui déraillent de temps à autre, mais je suis à peu près sûr qu'il nous a bien téléportés sur la Lune. Jusqu'à présent, il a toujours fait exactement ce que je lui ai demandé. Log, montre-toi ! ordonna-t-il.

— Eh, eh ! ricana le petit robot en se rematérialisant à deux mètres d'eux.

— Espèce de gnome hideux, je vais te… ! s'écria le lieutenant en s'élançant.

— Je vous avais prévenu que nous allions nous amuser ! lança Log.

Il s'était téléporté au milieu de sa phrase, si bien que le lieutenant s'effondra piteusement sur le sol en croyant le saisir.

Le colonel Sheldon, impassible, le vit se relever et épousseter son spatiandre en grommelant. Il se tourna vers Log.

— Je commence à mieux te comprendre, robot. Au fond, tu es un farceur. Je t'ordonne donc de nous dire à partir de maintenant tout ce que tu sais spontanément, sans attendre un ordre spécial !

— À tes ordres, colonel ! Dommage, vos réactions étaient intéressantes à observer. Surtout les tiennes,

Sheldon. Si vous aviez utilisé vos radiants, vous vous seriez calcinés vous-mêmes ! Je serais intervenu pour l'empêcher, bien sûr, mais je me demande ce qui t'a alerté.

— Peux-tu faire disparaître cette illusion ? voulut savoir le colonel, pragmatique.

— Dis-moi ce que je suis incapable de faire et j'explose ! lança orgueilleusement Log en disparaissant.

Le paysage changea instantanément, si radicalement que « Iceberg » Sheldon lui-même en eut le souffle coupé.

Là où le marais s'étendait jusqu'à l'horizon, il n'y avait plus qu'un mur épais, à deux pas d'eux seulement. Les trois hommes se trouvaient à l'intérieur d'une demi-sphère de quatre mètres de diamètre aux parois transparentes. Une décharge de radiant aurait immédiatement provoqué une telle augmentation de température que tout ce qui se trouvait à l'intérieur aurait été brûlé.

Plusieurs écrans et quelques terminaux de contrôle s'étageaient le long des parois.

Les trois Terriens essayaient de comprendre où ils se trouvaient quand Log, minuscule sur le plancher, s'exclama :

— Vous n'avez pas encore compris ? Vous êtes à l'intérieur de l'œil du temps !

*
**

— Je ne l'imaginais pas si grand, avoua Messier.

— Vous surestimez les possibilités de miniaturisation de la technologie lémurienne, dit Uwanok. L'œil du temps doit disposer de sa propre centrale d'énergie, puisqu'il se coupe totalement de sa base quand il est activé.

— Tout à fait exact, approuva Log. Contrairement au transmetteur temporel des Maîtres Insulaires, l'œil du temps est incapable d'annuler la distorsion temporelle. Il ne travaille pas en « temps zéro ». Il est obligé de se déplacer dans l'espace. Pour remonter de mille ans dans le temps, il doit disposer de réserves d'énergie pour mille ans, simplement pour l'aller.

— Dommage, dit Sheldon.

— Quoi, dommage ? s'étonna le lieutenant.

— Que nous ne puissions pas aller dans le futur avec.

— En effet, expliqua Log. Pour progresser de deux minutes dans le futur, l'œil du temps a besoin d'un voyage de vingt ans. Pour un an, cela représente plus de dix millions d'années. Pour rejoindre l'époque d'où nous venons, il faudrait parcourir exactement 52 392 années. Comme le temps continue à s'écouler normalement pour les passagers de l'œil du temps, une vie humaine permettrait au maximum d'atteindre une demi-minute dans le futur. Par contre, l'observateur qui reste sur la Lune, lui…

— Et tu ne peux rien faire ? l'interrompit Uwanok.

— Puisque tu disais que rien n'est impossible pour toi… ! renchérit Pierre Messier.

— Je peux sûrement résoudre le problème de l'accélération de l'œil du temps, affirma Log. Le problème, c'est que je ne sais pas combien de temps cela me prendrait. Cent de vos années, cent mille peut-être… ?

— Autre chose, intervint à son tour le colonel Sheldon. Tu disais que l'œil du temps se déplace dans l'espace. On ne peut pas l'utiliser comme un navire ?

— Hélas non. Il se met effectivement en mouvement dès qu'il est activé, mais il passe aussitôt dans un plan spatio-temporel différent et, à l'exception de la direction dans le temps, il est impossible de déterminer des coordonnées spatiales d'arrivée.

— Vous voulez rejoindre le *Krest III* ? demanda le lieutenant à Sheldon.

Le colonel hocha la tête.

— Il doit bien y avoir des navires à M'adun. Nous pourrions essayer d'en emprunter un.

— J'ai peur que cela ne soit pas si simple, objecta Sheldon. L'illusion de la planète marécageuse n'est sûrement pas la seule défense dont dispose M'adun.

— Les savants du Luna-Club sont des cybernéticiens hors-pair, confirma Log. Ceux qui m'ont construit n'étaient pas tellement plus avancés.

— Qui t'a construit, au fait ? voulut savoir le lieutenant.

— Il ne répondra pas, affirma Uwanok.

— Donc, il y a d'autres pièges sur M'adun, et tu n'es pas sûr de pouvoir nous protéger, conclut Sheldon.

— C'est ça, confirma le robopsy.

— Donc, il ne nous reste plus qu'à essayer de tirer le meilleur parti de l'œil du temps, reprit le colonel. Je propose que tu t'intéresses immédiatement à la question, Log. Essaie de trouver une solution pour transformer cette machine en un navire spatial à peu près manœuvrable.

— À tes ordres, colonel ! claironna le petit robot.

CHAPITRE V

Le *Krest III* fut à nouveau ébranlé par une salve simultanée de plusieurs dizaines de croiseurs. Cette fois pourtant, l'écran à surcharge de haute énergie de l'ultracroiseur s'effondra pendant une fraction de seconde. Pendant un temps à peine mesurable, le vaisseau amiral parut flotter dans un univers de ténèbres absolues.

Aussitôt après, tout parut revenir à la normale. Et pourtant, quelque chose était différent...

Le second annonça qu'une série de deux cents impacts de canons convertisseurs venait de les atteindre. C'était un arme terrible, difficile à contrôler. Un seul tir direct aurait suffi à briser un écran aussi perfectionné que l'écran vert d'un croiseur lourd des Maahks et à l'envoyer dans une autre dimension.

L'écran SH du *Krest III* avait réussi à résister à deux cents tirs au but ! Mais il avait sauté pendant un peu moins d'un dixième de seconde...

Au central, chacun savait que la salve suivante

risquait d'être la dernière.

— Rapprochez-vous le plus possible de la vitesse de la lumière, ordonna Perry Rhodan à Cart Rudo.

— Cela ne nous protège que contre les armes conventionnelles, commandant, rappela l'Epsalien. Contre des canons convertisseurs, c'est du pareil au même.

— Je sais, repartit le Stellarque, mais nous devons être prêts si les kalups peuvent redémarrer à temps.

Les batteries de l'ultracroiseur venaient à nouveau de démanteler une escadre lémurienne qui tentait de lui barrer le passage quand le vaisseau amiral fut à nouveau atteint de plein fouet. Cette fois, l'écran SH tint le coup.

Atlan poussa soudain un cri d'avertissement. Il était resté près de l'écran hypercom d'où il avait appelé l'amiral Hakhat.

Le visage d'un autre Lémur, plus jeune, venait de s'y afficher sans prévenir.

— Ici Frasbur, dit l'homme. Comment vous sentez-vous ? demanda-t-il avec un rictus cynique. Vous feriez lieux de désactiver tout de suite votre écran protecteur, Perry Rhodan. Nous savons qui vous êtes. À votre place, je préférerais en finir le plus vite possible…

Le rire de l'agent temporel fut couvert par le roulement d'une salve plus puissante que les autres.

Atlan voulait couper la liaison pour mettre fin à la sinistre plaisanterie du Lémur quand une voix le pressa :

— Attendez, Amiral, nous allons profiter de la

communication ! Envoyez un faisceau de repérage concentré sur Kahalo dans un quart d'heure !

Les deux hautes silhouettes à la peau couleur de bronze qui se trouvaient derrière Atlan parurent se dissoudre dans l'air. Sans attendre la réponse de leur chef, les jumeaux Woolver avaient disparu.

L'écran s'éteignit quelques secondes plus tard.

— Nom d'un chien, je n'ai pas pu les en empêcher ! s'excusa Atlan en regardant Rhodan.

— Tes deux mutants savent ce qu'ils font, répondit le Stellarque.

— Nous saurons bientôt si, comme je le crois, l'agent des Andromédans a commis une erreur stupide en voulant nous affliger de son mépris.

— À condition que notre écran tienne le coup, rappela Perry Rhodan.

*
**

Frasbur avait eu la peur de sa vie en voyant les deux hommes se rematérialiser près de son terminal. Il resta paralysé pendant deux secondes de trop.

Tronar et Rakar agirent comme un seul homme. Liés par une empathie parfaite, les jumeaux coordonnaient toujours parfaitement leurs opérations sans avoir besoin d'échanger un mot.

Frasbur appuya convulsivement sur la détente de son radiant, détruisant son écran hypercom, mais l'arme fut aussitôt projetée contre le mur et l'agent temporel se retrouva immobilisé sur le sol.

Les Coureurs d'ondes, qui le maintenaient, furent soudain repoussés par une force invisible. Allongé par terre, Frasbur les fixait. L'adrénaline qui se déversait dans ses veines le faisait trembler légèrement.

Rakar et Tronar auraient pu le tuer sur-le-champ s'ils l'avaient voulu. C'était Tronar qui, en s'introduisant dans l'écran protecteur d'Orghon, sur Lémur, avait réussi à provoquer sa perte, alors même que L'Émir était resté impuissant. Mais les jumeaux voulaient l'agent temporel vivant.

Ils firent feu sur son écran, leurs radiants réglés en position de choc. Comme ils s'y attendaient, l'arme resta inefficace, mais ils voulaient aussi impressionner le Lémur pour l'obliger à se rendre.

Les jumeaux s'aperçurent vite qu'ils n'auraient pas dû perdre de temps. Toutes les portes de la mémostation s'ouvrirent pour laisser entrer une floppée de robots. Ce n'étaient que de petits cubes métalliques de vingt centimètres de côté, mais les deux orifices noirs qu'ils dirigeaient vers les mutants ne présageaient rien de bon. D'une pression du pouce, les jumeaux réglèrent leurs radiants à l'intensité maximale.

Pendant que Rakar ouvrait le feu, Tronar se jeta de nouveau sur l'agent temporel. Tout cela avait à peine duré deux secondes.

En touchant l'écran de Frasbur, Tronar se transforma en spirale d'énergie tournoyante. Cette fois, l'agent temporel parut vraiment comprendre qu'il avait affaire à un adversaire terrifiant. Il désactiva son écran. Tronar se rematérialisa aussitôt.

Rakar poussa un cri d'alerte. Il était cerné par les robots. Son écran ruisselait d'énergie. Il avait déjà été touché à deux reprises et Tronar luttait pour ne pas se laisser ralentir par la douleur qu'il ressentait exactement comme son frère.

Il fonça droit devant lui en tirant sans discontinuer. Les robots cubiques explosaient par deux ou trois à la fois. L'écho des détonations roulait sans discontinuer dans la salle de la mémostation.

Les deux mutants prirent conscience au même moment qu'ils n'arriveraient jamais à prendre le dessus. Ils obliquèrent tous deux vers l'un des panneaux de commande muraux de la salle. Les robots parurent désorientés pendant un instant, mais la voix de Frasbur retentit pour les guider.

Touché en pleine course par un éclair d'énergie bleue, Rakar fit un roulé-boulé en criant de douleur. Tronar s'approcha de lui en élargissant le faisceau d'énergie de son radiant à 180°. Rakar se releva et, le doigt pressé en permanence sur la détente, les deux hommes commencèrent à disparaître.

Les contours de leurs corps devinrent vitreux. Une fraction de seconde plus tard, ils n'étaient plus là. Les robots cubiques continuèrent à tirer jusqu'à ce que Frasbur leur ordonne d'arrêter.

À ce moment-là, les jumeaux, projetés à la vitesse de la lumière à travers le réseau d'énergie de la station, étaient en train de se rematérialiser dans un endroit inconnu.

Ils pouvaient reparaître au beau milieu d'un générateur ou sous le nez d'une douzaine de robots prêts à faire feu.

*
**

Le cœur de Perry Rhodan battait à tout rompre. Sa vie ne tenait à nouveau plus qu'à un fil.

Les salves des navires lémuriens s'étaient faites moins précises, mais l'adversaire se reformait déjà. Il leur restait deux minutes tout au plus avant le nouvel assaut. L'amiral Hakhat avait peut-être sous-estimé la puissance de feu du géant de l'espace au départ, mais il avait tiré les leçons de l'affrontement. La quasi-totalité de la flotte de Kahalo convergeait vers le *Krest III*.

L'écran de détection montrait des milliers d'échos lumineux dans un rayon de cinquante mille kilomètres. La première salve fit résonner la coque du vaisseau comme une cloche.

— Peu importe, dit le Stellarque pour lui-même. Colonel Rudo ! reprit-il à haute voix. Plongez dans l'entrespace, même si les générateurs des kalups ne sont pas à cent pour cent de capacité.

L'Epsalien attendait impatiemment cet ordre-là depuis plusieurs minutes.

La main crispée sur son accoudoir, le Stellarque voyait les secondes défiler avec une terrible lenteur.

Tout à coup, l'écran panoramique vira au gris.

Le *Krest III* venait d'entrer dans l'espace linéaire.

Du revers de la main, le Stellarque essuya les gouttes de sueur qui perlaient sur son front.

— Ouf, il était moins une..., dit Atlan.

— Tu devrais y être habitué, depuis le temps, répondit Rhodan avec un sourire crispé. Un vaisseau terrien n'est pas une sinécure.

— C'est le moins que l'on puisse dire, en effet.

— Colonel Rudo, dit Rhodan en se tournant vers l'Epsalien. Retour dans le continuum dans dix minutes. D'ici là, je vais au centralcom pour préparer le message que nous allons envoyer à Kahalo.

*
**

La salle où ils émergèrent du réseau d'énergie était calme. Le centre était occupé par une colonne de métal hérissée de petites antennes, autour de laquelle s'alignaient six rangs de fauteuils. Des hommes en uniforme y étaient installés.

Voyant qu'ils ne bougeaient pas, Rakar et Tronar s'approchèrent prudemment d'eux. Leurs visages étaient détendus, mais leurs yeux ouverts regardaient dans le vide.

Rakar prit le poignet de l'un des Lémurs pour vérifier son pouls.

— Il est vivant, murmura-t-il.

— On dirait qu'ils sont en transe hypnotique, dit Tronar.

— Ils sont tous jeunes et apparemment en bonne santé, remarqua Rakar. Apparemment, ils s'agit de sujets d'élite.

— Oui, destinés à alimenter les duplicateurs des Maîtres Insulaires.

— Je comprends pourquoi les Andromédans se gardent bien d'intervenir dans la guerre contre les Halutiens. La défaite de la Première Humanité va leur assurer une réserve quasiment inépuisable de soldats.

— Raison de plus pour balayer ces monstres de leur trône ! repartit vivement Tronar.

— Comment veux-tu y arriver, alors qu'ils sont à 52 000 années de nous dans le futur ? dit Rakar en souriant. Pour eux, nous sommes quantité négligeable.

— Peut-être, mais cela risque de changer rapidement, promit Tronar en dirigeant son radiant vers la colonne située au centre des fauteuils.

— Attends ! ordonna Rakar. Nous allons d'abord rentrer à bord du *Krest III*. Cela ne sert à rien d'attirer l'attention sur nous pour l'instant. Nous pourrons revenir plus tard pour détruire cet indoctrinateur.

Son frère laissa son bras retomber.

Les jumeaux, dépendants des signaux du *Krest III*, portaient depuis longtemps dans leur spatiandre des amplificateurs spécialement conçus pour eux. Parmi toutes les gammes d'ondes que leurs appareils balayaient, les jumeaux surveillaient spécialement celles de l'hypercom.

Ils étaient immobiles depuis une vingtaine de secondes quand l'appel, transmis avec une puissance colossale, les fit sursauter.

— Les vivants appellent les morts. Nous vous saluons depuis le futur !

Les robots qui pénétrèrent quelques instants plus tard dans la salle du mnémonisateur enregistrèrent une brève interférence, comme si deux corps en train de disparaître s'étaient trouvés là une fraction de seconde plus tôt.

*
**

— Émersion d'environ deux milles unités lémuriennes lourdes à deux millions de kilomètres !

avertit la détection.

Rhodan observa le déploiement des escadres avec détachement.

— En route, colonel, ordonna-t-il à Cart Rudo. Centralcom, poursuivez l'émission du message à intensité maximale.

Le *Krest III* se mit en mouvement, limitant néanmoins sa vitesse à cinquante pour cent de ses capacités. L'énergie d'une grande partie des générateurs avait été dérivée vers les émetteurs hypercom.

— J'ai peur que les jumeaux n'aient rencontré des difficultés, dit Atlan.

— C'est probable, en effet, admit Rhodan. S'ils sont encore en vie et conscients, ils vont pouvoir revenir sans difficulté.

— Une deuxième flotte vient de sortir de l'entrespace à quatre millions et demi de kilomètres, reprit la voix de l'officier de la détection. Environs dix-huit cents unités lourdes.

Sur l'écran panoramique, Perry Rhodan vit les deux flottes se déployer progressivement de chaque côté du *Krest III*. L'amiral Hakhat n'avait pas renoncé à les abattre. Afin que son dispositif soit complet, il manquait encore…

L'apparition d'un troisième groupe d'escadres confirma l'hypothèse de Rhodan. La troisième pointe du triangle allait permettre au Lémur de les encercler de toutes les directions à la fois.

Tout à coup, un cri retentit dans l'intercom. Perry Rhodan n'avait pas besoin de réfléchir longtemps pour savoir d'où il venait.

— Cessez l'émission du message ! ordonna-t-il, soulagé. Restaurez l'alimentation normale des blocs-propulsion et des kalups.

— Tu crois que c'est eux ? demanda Atlan.

— Bien sûr, ils ne vont pas tarder à nous rejoindre, affirma Rhodan, confiant.

Moins d'une minute plus tard, les Coureurs d'ondes, encore essoufflés par leur course depuis le centralcom, se présentaient devant le Stellarque.

— Installez-vous, leur dit-il. Je suis à vous dans une minute. Le temps de nous débarrasser de la meute qui nous suit…

Les premières escadres étaient presque à portée de tir. Cette fois, le *Krest III* rompit le combat avant d'engager les hostilités et disparut dans l'entrespace.

— Silence total sur toutes les ondes, ordonna Rhodan. Je veux qu'ils perdent notre trace.

Les Woolver firent leur rapport. Pour conclure, Tronar affirma :

— Nous sommes convaincus que les Lémurs que nous avons vus dans la salle elliptique vont servir de modèles pour les doublons téfrodiens du futur. Autrement dit, le transmetteur temporel de Vario doit être actif en permanence, surtout dans le sens passé-futur.

— Très bien, mais cela ne nous servira pas à grand-chose de le savoir, dit Atlan d'un ton abattu. Nous venons de voir que les Lémurs ne nous laisseront jamais approcher du transmetteur géant des Sextuplées. La route d'Andromède nous est coupée. Nous sommes bel et bien prisonniers du passé !

Un silence gêné suivit les paroles de l'Arkonide.

Les officiers du central qui les entouraient partageaient ses craintes et son pessimisme.

La voix de Perry Rhodan les sortit brutalement de leurs sinistres pensées.

— Ridicule ! Nous allons nous en sortir.

CHAPITRE VI

Une violente secousse fit basculer l'œil du temps sur le côté. Une fois qu'ils eurent retrouvé leur équilibre, les hommes du commando Lémur s'aperçurent que les écrans de la machine s'étaient obscurcis.

— Qu'est-ce que c'était ? souffla le lieutenant Messier, qui saignait d'une arcade sourcilière.

— Perte d'énergie, répondit froidement le colonel Sheldon. Log, peux-tu... ? Mais où est-il passé ? reprit-il en constatant que le robopsy avait disparu.

— Parti faire un tour dehors, j'imagine, répondit Aïno Uwanok, pince sans rire. Je ne sais pas pourquoi, mais j'ai l'impression qu'une bombe est tombée sur M'adun. Si jamais c'est un commando d'extermination halutien, nous sommes mal partis.

Sheldon réfléchit.

— Il faut attendre Log, décida-t-il. Il se manifestera si nous sommes directement menacés.

Comme pour confirmer les paroles du Terrien, le petit robot se rematérialisa juste à ce moment-là.

— Aïno a vu juste, expliqua-t-il. Une escadre halutienne vient de lancer une attaque-surprise sur la Lune. La principale centrale d'énergie de M'adun a été touchée. Les Halutiens ont déjà débarqué des commandos.

— Nous avons intérêt à déguerpir, alors ! s'exclama Messier.

— Tu doutes donc toujours de mes capacités, homme de peu de foi, lui reprocha Log. Tu ne vas quand même pas penser que je vous laisserais en rade face à un commando halutien ?

— Tu leur as fait leur affaire ? demanda le lieutenant.

— Je n'aime pas la violence, rappela Log. De plus, l'un de ces Halutiens aurait très bien pu être l'ancêtre d'Icho Tolot. Quelle perte pour l'humanité !

— Alors, qu'est-ce que tu as fait ? insista Uwanok.

— Vous manquez décidément d'humour, de temps à autre, se plaignit le robot. Voilà, je me suis contenté de les convaincre que ce qu'ils avaient l'intention de faire était criminel et illogique. Ils sont remontés dans leur navire pour rentrer chez eux, direction Halut. Si j'ai bien travaillé, ce seront les premiers apôtres de la non-violence chez les Halutiens.

Le colonel Sheldon laissa échapper un sifflement.

— Quand on pense que tu viens peut-être de changer du tout au tout le destin de la Galaxie en moins de cinq minutes, j'en ai froid dans le dos…

Messier s'affaissa sur le sol en soupirant.

— Qu'est-ce qui vous arrive, lieutenant ? s'enquit Sheldon.

— Je suis époustouflé par les performances de cette

boîte de conserve.

— Le voilà qui reconnaît enfin mes mérites ! claironna Log.

— Qu'est-ce que nous allons faire, maintenant que nous n'avons plus d'énergie pour l'œil du temps ? demanda Uwanok.

— Nous pourrions allez faire un tour dans M'adun. Nous trouverons peut-être quelque chose pour nous dépanner, proposa le colonel.

Sitôt dit, sitôt fait. Aïno Uwanok attrapa son manteau de Tamrat et l'enroula autour de son cou comme une écharpe. Depuis qu'il avait renoncé à les coudre, les manteaux vivants de Tarak étaient redevenus totalement inoffensifs.

Le capitaine ouvrit la porte de la machine et sauta à terre. L'œil du temps se trouvait dans un grand hangar rempli de machines qui se découpaient dans le faisceau de la lampe de son spatiandre.

— Là-bas ! dit le colonel, on dirait un sas. Allons voir.

— À votre place, je fermerais le casque de mon spatiandre avant, avertit Log. La déflagration a endommagé la coupole de M'adun. Il y a sûrement un système automatique de colmatage, mais je ne m'y fierais pas à votre place…

D'une simple pression sur le col de leur spatiandre, les trois Terriens activèrent le mécanisme de fermeture de leur casque, dont les lamelles transparentes se mirent en place instantanément. Le vitroplast des casques, parfaitement transparents et étanches, était aussi dur que la terkonite.

Le lieutenant prit la tête du petit groupe et trouva rapidement le mécanisme d'ouverture du sas. Malgré tous ses efforts, la porte ne s'ouvrit pas. Les générateurs de secours ne devaient pas l'alimenter.

— Il doit y avoir un système mécanique de secours, dit Sheldon.

Cette fois, c'est Uwanok qui le découvrit.

Serrés dans le petit sas, l'Eskimo puis le lieutenant durent activer la pompe à air manuellement. La porte extérieure s'ouvrit enfin. Ils fermèrent les yeux, éblouis par le soleil.

Dans la mer des Pluies, il était midi. Malgré l'occultation automatique des spatiandres, la luminosité était si intense que M'adun semblait uniquement faite de surfaces contrastées noir et blanc. En levant la tête vers la coupole, il découvrirent dans le ciel obscur un joli astre bleu. La Terre ! Ou Lémur, comme elle s'appelait à cette époque-là.

Un incendie aux flammes bleues faisait rage au nord de la ville. Tout autour, les bâtiments étaient des cubes assez simples. Par endroits, on distinguait des coupoles dorées relativement isolées. Les Jardins Suspendus, qui avaient fait la gloire de M'adun, étaient en piteux état. La brusque déperdition d'air provoquée par le bombardement de la coupole avait fait des dégâts.

— Ces coupoles dorées sont des serres qui permettent aux habitants de vivre en autarcie, expliqua Log. Il y a eu très peu de pertes en vies humaines durant l'attaque. Depuis l'origine de M'adun, les Lémurs ne sortent qu'avec une combinaison étanche légère. Tous les bâtiments sont pressurisés. La petite coupole noire qui se trouve juste là devant conduit aux laboratoires sublunaires.

— Allons-y, décida le colonel.

Sheldon était bien décidé à profiter de l'actuelle désorganisation de la base pour essayer de mettre la main sur un quelconque navire spatial.

Un cri d'alerte de Log l'immobilisa.

Le robopsy montrait l'une des larges routes en béton de fibres de verre qui passait à proximité.

Compte tenu de l'absence d'air sous la coupole, les véhicules, de grosses chenillettes, avançaient sans bruit. Chacun portait une tourelle d'où émergeait un canon lourd à impulsions. Et ce n'était pas tout ! Des escouades de robots de combat avançaient tout autour du convoi.

— En arrière ! cria Sheldon. On retourne à la machine !

*
**

Les premiers tirs percèrent les murs du hangar, pourtant épais de plusieurs mètres, comme s'il s'agissait de papier mâché. Les Lémurs étaient apparemment bien décidés à détruire l'œil du temps plutôt qu'à le laisser tomber entre des mains étrangères.

« Iceberg » Sheldon, qui fermait la marche, fut littéralement catapulté à l'intérieur de la machine par la deuxième salve. Si Log ne l'avait pas freiné par télékinésie, le colonel n'en serait certainement pas sorti vivant.

Uwanok et Messier refermèrent en toute hâte le sas.

Ils entendirent un choc violent sur le haut de la machine.

— Log ! cria-t-il. Fais quelque chose !

Le petit robot le regardait, planté au milieu de la machine, les bras ballants. Il le regardait mais ne faisait rien…

Comme d'habitude, John C. Sheldon gardait son calme. Personne n'avait plus besoin de lui expliquer de quels pouvoirs extraordinaires le petit robot disposait.

Les écrans furent traversés par un éclair blême.

Une bombe ? se demanda le Terrien.

D'un seul coup, les écrans étaient redevenus noirs.

Cette fois, le choc les précipita si brusquement contre les parois de la machine qu'ils perdirent tous connaissance.

Quand le colonel rouvrit les yeux, il dut se mordre la lèvre pour s'empêcher de crier. La douleur le vrillait comme un dard brûlant. Messier était recroquevillé devant lui, inanimé. Uwanok, par contre, était debout, apparemment en pleine forme.

— J'aimerais pouvoir être aussi insensible que vous, dit le colonel en se massant la nuque.

— Nous avons tous eu de la chance, colonel. Sans Log, qui a projeté l'œil du temps dans l'hyperespace, nous y passions tous. Le hangar a totalement explosé. Il s'en est fallu d'un cheveu. Mais vous ne savez pas où Angekok nous a emmenés…

— Angekok… ? demanda Sheldon, perplexe.

— C'est ainsi que l'on nommait autrefois les chamanes de mon peuple, les Inuits, expliqua Uwanok. C'étaient des hommes sages, qui en savaient plus long sur les forces de l'univers que n'importe quel citoyen de l'Empire aujourd'hui. Ils savaient utiliser quelques-unes de ces forces. La télépathie, la télékinésie et, surtout, la prémonition. C'est à cause de cette capacité de voir le futur que j'ai baptisé l'œil du temps ainsi. Mais ce n'est qu'une proposition, bien sûr.

— Pourquoi pas ? grommela le colonel. Que ce fichu rafiot temporel ait un nom ou pas est bien le cadet de mes soucis.

Sheldon se pencha sur Messier, ouvrit son casque et lui massa la nuque. Au bout de quelques minutes, les paupières du lieutenant se mirent à palpiter, ses lèvres à remuer et il revint à lui d'un seul coup en poussant un hurlement.

Aïno Uwanok s'approcha à son tour du jeune homme et ses doigts s'activèrent en cercle sur ses yeux et sur ses tempes. Messier se calma peu à peu, ses douleurs s'estompèrent. Enfin, il put parler.

— Je me réveille le dernier, pas vrai ?

— Quelques minutes après le colonel. Consolez-vous. Il a ressenti les mêmes douleurs que vous.

Sheldon sourit au lieutenant et lui tendit la main pour l'aider à se relever.

Il se tourna ensuite vers les écrans d'observation.

— Apparemment, nous avons quitté le bras d'Orion en direction du Centre galactique, n'est-ce pas ? demanda-t-il à Log.

Le petit robot semblait ne pas avoir bougé d'un millimètre depuis leur départ précipité. Si ses trois compagnons n'avaient pas su qu'il était en train de piloter l'œil du temps grâce à ses facultés télékinésiques, ils auraient pu croire qu'il était désactivé.

Log était un phénomène si exceptionnel qu'ils commençaient tout juste à s'y habituer. Tous les mutants télékinésistes de la Milice devaient observer l'objet qu'ils voulaient déplacer. Seul L'Émir y parvenait le dos tourné. Log, lui, n'avait pas d'yeux au sens humain du terme. Il utilisait, comme il l'avait expliqué une fois, deux flux d'émission de neutrinos modulés. Des particules capables de traverser n'importe quelle épaisseur de matière, une planète par exemple, sans dévier leur trajectoire d'un iota.

— Nous sommes à une centaine d'années-lumière du bord du Centre galactique, répondit Log.

Le colonel poussa un soupir de satisfaction.

— Ne te réjouis pas trop vite. C'est le hasard seul qui a voulu que nous ne nous éloignions pas de la Voie lactée. L'œil du temps permet de contrôler l'intensité d'un saut hyperspatial, mais pas sa direction. La longueur de la transition, elle, dépend uniquement de l'énergie absorbée au départ.

— Que se passera-t-il si la machine se rematérialise au milieu d'un soleil ? s'inquiéta le lieutenant.

— Nous n'aurons pas le temps de ressentir quoi que ce soit.

Une réponse rassurante… en théorie !

Chacun des trois hommes réfléchit par-devers lui à la situation. En pratique, même grâce à l'aide de Log, l'œil du temps restait quasiment incontrôlable.

— Nous devons nous trouvons à peu près à quinze mille années-lumière de Kahalo, dit finalement le colonel. Si le *Krest III* est toujours opérationnel, c'est là qu'il est. Log, si tu règles le prochain saut sur une distance de quinze mille années-lumière à un millième près, nous avons une chance d'arriver à proximité de Kahalo, non ?

Le petit robot ne répondit pas et garda le silence pendant plus de dix minutes. Pour les trois Terriens, cette attente était insupportable. Ils ne comprenaient pas ce qui se passait et toutes leurs tentatives pour tirer ne fût-ce qu'un son de Log échouèrent.

Quand le robopsy reprit la parole, sa voix était étrange. Différente, elle paraissait venir de très loin et résonnait comme si elle était réfléchie par une voûte élevée.

— J'ai découvert comment il est possible d'influencer dans une certaine mesure la direction du vol. Mon « esprit » a partiellement fusionné avec celui de la machine. Il est possible que je n'arrive jamais à le récupérer complètement. La question n'est pas encore réglée. Allongez-vous et essayez de vous décontracter. Nous allons y aller.

Sans perdre une seconde, les hommes du commando s'allongèrent, bras et jambes légèrement écartés, et refermèrent leurs casques.

— Enclenchez aussi vos écrans protecteurs, ordonna Sheldon. Ce n'est pas grand-chose, mais on ne sait jamais.

*
**

Il sentait les influx de son propre cerveau se mêler de plus en plus étroitement à ceux d'une autre machine. S'il ne se retirait pas rapidement, il sentait qu'il risquait de perdre à jamais son identité.

Il ne savait pas s'il avait vraiment le désir de l'éviter. Quelque chose se libéra en lui. Quelque chose qu'il n'avait connu que chez les intelligences organiques et qu'il avait toujours considéré comme une faiblesse. C'était une forme d'attraction pour un semblable, pour une intelligence pourtant très légèrement différente. La résistance céda peu à peu, jusqu'à ce que le processus s'achève en atteignant une sorte de félicité.

Deux êtres extrêmement intelligents ne faisaient plus qu'un. De cette union, qui avait eu lieu dans l'hyperespace et qui n'aurait pu se produire que là, un être nouveau vit le jour. La nouvelle structure était capable, obligée même de créer un nouveau modèle de rematérialisation.

Quand les êtres vivants que la machine transportait s'éveillèrent, ils se trouvèrent en présence d'une intelligence qui n'avait plus rien de commun avec l'œil du temps ou avec le robot Log. Tous deux avaient disparu.

Le colonel Sheldon retenait sa respiration. La douleur de la rematérialisation s'estompait progressivement. Il bougea lentement ses bras et ses jambes. Il avait l'impression de flotter à l'intérieur d'un liquide épais et opaque.

— Drôle de sirop ! dit quelqu'un.

La voix lui était parvenue par son récepteur de casque.

— Qu'y a-t-il, lieutenant ? demanda-t-il en reconnaissant la voix.

— Vous ne pourriez pas demander à quelqu'un

d'ouvrir la bonde pour vider la baignoire, mon colonel ? Je n'y vois goutte.

— Ça suffit, lieutenant ! intervint Aïno Uwanok. Il ne s'agit pas de baignoire. Nous sommes dans une sorte d'océan primitif, même si je me demande comment le sas aurait pu s'ouvrir tout seul.

— Mais comment voulez-vous que je m'oriente ? gémit Messier. Je ne vois même pas ma main quand je la pose sur mon casque !

— Avec le temps, vous finirez par apprendre à nager, grommela le colonel. Relevez-vous et préparez-vous à avancer, chacun dans une direction, ordonna-t-il.

Sheldon attendit une minute.

— Prêts ? Uwanok, vous allez compter les chiffres impairs tout en avançant et vous, Messier, les chiffres pairs. Allez-y.

— Un, dit le capitaine.

— Deux, répondit le lieutenant.

Quand ils furent arrivés à douze, Sheldon commença à s'impatienter.

— Qu'est-ce qui se passe ! s'exclama-t-il. Vous avancez ou quoi ? Il n'y a aucun changement dans la réception et vous devriez avoir touché la paroi de la machine depuis longtemps.

— Il y a quelque chose qui ne tourne pas rond, ici, constata Uwanok. Cela me rappelle ma jeunesse. J'habitais le nord de l'Alaska et j'allais souvent à la chasse avec mes frères. Là-bas, il y a des tempêtes de neiges telles que vous ne voyez pas votre main devant votre nez. Dans ces cas-là, il ne reste plus qu'une chose pour se diriger : le sixième sens. Je sais que j'ai cet instinct et pourtant, je ne ressens rien ici. Je suis incapable de dire si je bouge ou pas.

— Je vais essayer de nager, décida Sheldon.

Ils l'entendirent compter jusqu'à cent sans intervenir.

— Je crois que cela ne sert à rien, mon colonel, dit Messier.

— Résumons, dit Sheldon. Le médium dans lequel nous sommes plongés n'empêche ni le mouvement ni la propagation des ondes radio, il…

— … est excellent, l'interrompit Uwanok.

— Comment ça, excellent ! s'exclama le colonel. Vous ne voulez pas dire que… ?

— Si, j'ai entrouvert mon casque, confirma l'Eskimo. C'est de l'air, du bon air qui est bien meilleur que celui de nos régénérateurs.

— C'était stupide, capitaine, dit Sheldon.

— Pardon ? s'étonna Uwanok.

— J'ai dit stupide ! répéta le colonel.

— Ce n'est pas à vous que je parlais, mon colonel. J'ai cru entendre une voix. Écoutez…

Au bout d'une minute de silence, Sheldon perçut une petite voix qui disait :

— Vous me comprenez ? Excusez-moi de ne pas vous avoir donné de nouvelles depuis si longtemps.

— Log ! s'écria le lieutenant, incrédule.

*
**

— Je ne suis pas Log. Je suis quelque chose de nouveau, qui est né de la fusion de deux machines. Elles n'existent plus, mais je me souviens de vous.

— Où sommes-nous vraiment ? demanda Sheldon.

— En moi.

Un rire nerveux retentit dans le casque du colonel.

— Si j'ai bien compris, dit la voix d'Uwanok, vous deux, l'œil du temps et Log, vous avez lié vos esprits.

— Au début, oui, répondit la chose sans nom. Ensuite, nos esprits ont fusionné pour créer une entité totalement nouvelle. Comme nous nous trouvions dans l'hyperespace au moment où cela s'est passé, cette fusion spirituelle a également provoqué une réorganisation du schéma énergétique. Lors de la rematérialisation, il n'y avait plus ni Log ni œil du temps, seulement moi.

— Génial ! siffla le lieutenant, au bord de la crise de nerfs.

— Peu importe que vous compreniez ou pas ce qui s'est passé, reprit l'entité. Vos cerveaux sont peut-être trop primitifs. L'essentiel, c'est que je vous aie retrouvés, après m'être trouvé moi-même.

— Nous nous sommes demandé dans quelle mélasse nous nous trouvions, reprit le colonel en s'attachant à ses priorités immédiates. Le capitaine a trouvé que ce gaz opalescent est respirable...

La chose sans nom rit doucement.

— J'ai créé une sorte de bulle temporelle à l'intérieur de moi et je l'ai remplie d'un gaz identique à celui que vous respirez. Les autres effets que vous décrivez sont dus à la bulle temporelle.

— C'est bien gentil, tout ça, insista Sheldon, mais qu'en est-il de la mission que vous..., pardon, que Log devait remplir ?

— Je pense que vous serez satisfaits répondit énigmatiquement la chose.

Au bout d'une demi-heure, ils commencèrent à crier, à tempêter, mais la chose ne se manifesta plus. Sheldon leur fit ouvrir leur casque pour épargner les régénérateurs. Malgré son opacité, l'air se laissait respirer tout à fait normalement. La gravité semblait plus élevée que la normale, mais la pression de l'air, elle, n'était pas augmentée.

Au bout d'une heure, mais ils ne pouvaient pas voir leurs montres, un tintement bizarre, venu de nulle part, se fit entendre. On aurait dit une sorte de chœur extraterrestre, rythmé par une pulsation lente. L'intensité du chant s'enfla rapidement, au point de faire souffrir leurs tympans.

Soudain, le chant s'arrêta tout net, remplacé par la voix de l'entité.

— Nos routes vont se séparer ici. J'ai trouvé quelque chose qui va me permettre de voyager vers le passé et vers le futur. Cette méthode serait trop longue pour un mortel, même pour ceux d'entre vous qui disposent d'une immortalité relative. Nous nous reverrons peut-être dans le futur, dans votre temps réel…

— Attends ! s'écria Messier. Tu ne peux pas nous…

Le voile opalescent qui les entourait se déchira. Un bruit de corde de guitare qui casse vrilla l'air.

Les hommes furent entourés par des barreaux lumineux. Le champ lumineux commença à clignoter.

— Un transmetteur ! s'exclama le lieutenant d'une voix rauque.

CHAPITRE VII

La chose sans nom les avait bien déposés à l'intérieur d'un transmetteur. Ils n'essayèrent même pas de comprendre comment elle avait fait. Aïno Uwanok résuma leurs pensées en disant :

— Cet appareil n'est ni lémurien, ni akonide, ni téfrodien. Il ressemble étrangement à celui que l'Immortel avait laissé sur Ferrol, dans la constellation de Véga.

— Ferrol ! murmura Messier. Mais ce n'est pas possible ! Les Ferroliens ont reçu leur transmetteur il y a dix mille ans seulement par rapport à notre temps réel. Nous sommes en moins cinquante mille !

— De plus, je suis sûr que la gravité sur Ferrol est plus élevée que sur la Terre. Ici, je ne pèse que la moitié de mon poids habituel, ajouta Sheldon.

— Et si nous allions faire un tour dehors ? proposa Uwanok.

Le transmetteur où ils s'étaient rematérialisés se trouvait dans une petite halle cubique en pierre taillée.

Il n'y avait pas de fenêtres, tout juste une ouverture rectangulaire, sans porte. Il y avait de la neige fraîche sur le sol.

Ils sortirent.

C'était la nuit. Un vent glacé les fit frissonner. Un énorme croissant de lune était suspendu dans le ciel, en partie masqué par de lourds nuages. La lumière réfléchie par le satellite était bleu pâle. D'après ce qu'ils pouvaient en voir, le firmament était assez dense.

Le colonel alluma sa lampe frontale. Le plateau rocheux sur lequel ils se trouvaient finissait à pic deux mètres plus loin.

— Attention, la falaise s'arrête juste devant, avertit Sheldon.

— Je rentre, lança Uwanok, presque joyeusement, comme si la tempête de neige lui rappelait l'Alaska de son enfance.

Ils revinrent à l'intérieur du bâtiment. La neige crissait sous leurs pas.

— Nous allons essayer de dormir un peu, décida Sheldon.

— Je prends la première garde, proposa Uwanok.

— Pourquoi monter la garde ? Il n'y a personne, s'étonna Messier.

— Voyons, lieutenant, expliqua posément l'Eskimo. Il n'y a pas de porte, ce qui signifie que le vent aurait dû accumuler des débris, de la poussière, de la pluie à l'intérieur. Vous ne trouvez pas que la salle est étonnamment propre ?

— Bon, d'accord, la femme de ménage passe au

moins une fois par jour, admit le lieutenant.

— Par ailleurs, la situation du transmetteur m'a donné à réfléchir, poursuivit Uwanok. Une civilisation évoluée n'aurait sûrement pas placé ce bâtiment à l'écart de tout. Si la planète où nous sommes est relativement primitive, il est possible que les habitants considèrent ce lieu comme un sanctuaire. Il y aurait donc un temple à proximité et des prêtres. Ils ne seront pas forcément ravis de découvrir des intrus...

— Très juste, approuva Sheldon. Réveillez-moi dans deux heures. Le lieutenant prendra le tour de garde suivant. Nous verrons bien combien de temps la nuit dure.

Avant de sortir, Uwanok se retourna vers eux et ajouta :

— N'oubliez pas de fermer vos casques et de mettre le chauffage. Il fait moins 15° C. Je n'ai pas envie de vous retrouver transformés en glaçons !

*
**

« Iceberg » Sheldon ouvrit les yeux. Quelque chose frappait contre son casque. Il s'étonna de voir Uwanok distinctement alors que le capitaine n'avait pas allumé sa lampe. Il tourna les yeux vers la porte. Une lumière pâle en sortait.

— Le jour s'est levé, dit le capitaine. Les moustiques commencent à vrombir sur la toundra...

Le colonel lui jeta un regard noir et se mit sur ses jambes. Il se pencha sur le lieutenant et le secoua. Ensuite, il ouvrit son casque et sa respiration se bloqua, tant la chaleur était suffoquante.

Seules quelques flaques d'eau près de l'entrée témoignaient de la tempête de neige de la nuit.

— Laisse-moi dormir, Rutenia ! grommela Messier, les yeux fermés. Les vieux bonzes de l'Académie m'attendront bien un peu.

— Rutenia ? cria Uwanok à l'oreille du lieutenant après avoir ouvert son casque.

Le malheureux sursauta et se leva d'un bond.

— Rutenia ? Où est-elle ? Où suis-je ?

Il dévisagea ses compagnons sans comprendre, puis son regard s'éclaira.

— Désolé, s'excusa-t-il. J'ai encore dû raconter des sornettes en dormant.

— Ce n'est rien, c'est la chaleur, ironisa Uwanok.

— Pourquoi m'avez-vous réveillé si tard ? demanda Sheldon au capitaine.

— Au contraire, colonel, je vous ai réveillé trop tôt. Une demi-heure trop tôt pour être précis. Le soleil s'est levé il y a vingt minutes…

Le colonel se précipita en courant vers l'extérieur. Un énorme disque rouge émergeait de l'horizon. La chaleur était si violente que Sheldon referma son casque. Uwanok et Messier, qui l'avaient suivi, l'imitèrent.

Ils longèrent le bord de la falaise. En contrebas, un épais brouillard montait de la vallée. La neige surchauffée se transformait sans transition en vapeur d'eau.

— Ce n'est pas tout, dit Uwanok en se montrant le ciel sur sa droite.

La lune qu'il avaient observée durant la nuit était

toujours là. Les nuages ayant disparu, sa surface était dégagée. Les continents d'un monde se dessinaient nettement sous leurs yeux.

— Il y a erreur, bien sûr, dit Sheldon. En réalité, c'est nous qui sommes sur une lune…

— Mais pourquoi l'œil du temps ou ce qu'il est devenu nous a-t-il laissés là ? gémit Messier.

— La chose a dit que nous serions contents, rappela Uwanok. Il doit y avoir une possibilité de partir d'ici.

— Le transmetteur, dit Sheldon. C'est la seule possibilité.

— D'autant plus que je n'ai pas spécialement envie de faire la connaissance de la troupe qui monte, affirma le lieutenant.

Uwanok se pencha à son tour par-dessus le rebord de la falaise.

— Ce sont des humanoïdes, apparemment. Il y en a une bonne centaine. Ils seront ici dans moins d'une demi-heure.

— Je ne vois pas pourquoi nous devrions nous éterniser, dit le colonel. Allons-y, direction la cage du transmetteur.

*
**

La rematérialisation leur réservait une surprise désagréable. Ils se retrouvèrent tous trois à genoux, soufflant comme des phoques. Uwanok réussit le premier à enclencher les antigravs de son spatiandre. Il aida ensuite Sheldon et Messier à activer les leurs.

— Hydrogène et ammoniac, dit le capitaine en examinant le cadran du boîtier polyvalent fixé à son avant-bras. L'air n'est pas vraiment respirable. Température, 84°C. Un vrai paradis.

Le bâtiment qui abritait la cage du transmetteur ressemblait à s'y méprendre à celui qu'ils venaient de quitter.

— Nous avons de la visite, avertit le lieutenant en montrant les deux silhouettes qui se trouvaient près de la porte.

Compte tenu de la faible transparence de l'atmosphère, le colonel avait du mal à les distinguer. Uwanok, qui avait de très bons yeux, écarquilla les yeux et se retourna vers ses compagnons, le visage blême.

— Ce sont des Maahks ! souffla-t-il.

— Nous avons vraiment de la chance, se plaignit Messier.

— Peut-être pas, dit Sheldon. À l'époque où nous sommes, le Grand Empire n'existe pas encore. Maahks et Arkonides ne sont pas en guerre. Les Méthaniens ne sont peut-être que des primitifs assez pacifiques.

— Cela m'étonnerait..., prédit le lieutenant d'un air sombre.

— Nous verrons bien, répondit « Iceberg » Sheldon en descendant de la cage.

Il avança tranquillement pendant une dizaine de mètres, puis ses deux compagnons le virent s'agiter et sortir son radiant. L'arme cracha aussitôt son jet d'énergie en direction de la porte.

— Amenez-vous ! cria Sheldon. Les Méthaniens sont attaqués !

*
**

Uwanok et Messier eurent aussitôt l'impression d'être plongés dans un monde cauchemardesque. Les hautes silhouettes des Maahks, avec leur tête en forme de croissant, s'agitaient en tous sens, tentant de se défendre avec des lances transparentes contre d'horribles bêtes ressemblant à des serpents.

Leurs microphones extérieurs leur transmettaient un vacarme diabolique, fait de hurlements et de cris de douleur.

Les radiants des trois hommes crachaient sans interruption. Sans se préoccuper de leurs écrans protecteurs, les monstres se nouaient à plusieurs et cherchaient à les renverser.

Les trois Terriens furent repoussés à l'extérieur. Non loin de là, ils distinguèrent la lisière d'une forêt composée de grands arbres bleus.

Alors qu'ils pensaient que les Maahks étaient attaqués par les monstres, ils s'aperçurent vite de leur erreur. Les Méthaniens et les serpents combattaient côte à côte. Leur ennemi commun, cerné par une masse confuse, se trouvait sur la prairie.

Les éclairs de lumière qui provenaient de la zone inquiétèrent le colonel. Des armes énergétiques, ici ?

À un moment, les rangs des Maahks subirent une saignée importante. Au milieu de la mêlée, les Terriens virent nettement dix silhouettes de petite taille en spatiandre qui faisaient feu de toutes leurs armes.

Un hurlement de trompe retentit.

Avec un cri d'alarme, Pierre Messier se retourna en leur montrant quelque chose.

Toute une troupe d'animaux aussi gros que des

éléphants sortait en trombe de la forêt, se précipitant vers les spationautes.

Sheldon poussa ses antigravs au maximum et donna un puissant coup de talon pour décoller. Uwanok l'imita aussitôt. De là-haut, ils réussirent à abattre les premières bêtes. Les autres, apeurées, se dispersèrent aussitôt. Ce fut le signal de la débandade chez les Maahks.

Sauvés, les inconnus tournèrent leurs armes d'un air menaçant vers les trois Terriens, juste au moment où le lieutenant les reconnut.

— Des Ingénieurs intergalactiques ! s'écria-t-il.

Il dit quelques mots dans une langue que ses deux compagnons ne comprenaient pas.

Derrière les visières de leurs spatiandres, les visages noirs s'apaisèrent. La plupart des Ingénieurs baissèrent leurs armes. L'un d'eux s'approcha des Terriens, levant la main en écartant les doigts.

Messier échangea quelques mots avec lui.

— Ils parlent l'interandro, expliqua-t-il à Uwanok et à Sheldon. C'est l'équivalent andromédan de l'intergalacte. Ils n'ont jamais vu d'hommes comme nous, mais ils nous remercient pour notre aide. Ils nous proposent de nous ramener avec eux jusqu'à leur camp.

— D'accord, répondit aussitôt le colonel. Je commence lentement à comprendre le plan de l'entité sans nom.

Ils se mirent en route pour rejoindre la station des Ingénieurs, quelque part dans la jungle. En chemin, ils durent repousser une nouvelle attaque des Maahks et de leurs horribles monstres. Les Ingénieurs leur expliquèrent que leur station était sans cesse attaquée par les Méthaniens et qu'ils n'étaient plus que huit cents. Pourtant, ils n'avaient pas perdu espoir de rejoindre leur île spatiale, placée en orbite autour de la planète.

*
**

Sitôt arrivés au camp, les trois Terriens, épuisés, furent conduits dans une pièce comptant une dizaine de petits lits. Ils durent les mettre côte à côte pour réussir à s'allonger.

« Iceberg » Sheldon, qui n'avait presque jamais d'états d'âme, s'endormit comme une masse.

Quelque temps plus tard, quelqu'un le secoua. Il ouvrit aussitôt les yeux avec l'impression qu'il venait tout juste de les fermer.

— Qu'est-ce qu'il y a, capitaine ? grogna-t-il.

— Excusez-moi, mon colonel, mais les Ingénieurs viennent de recevoir un appel hypercom en clair. Comme ils ne connaissaient pas la langue, ils ont fait entendre l'enregistrement à Messier.

— Et alors ?

— L'appel provient d'un émetteur terrien !

— Que dit-il ? le pressa Sheldon en se redressant.

— « Les vivants appellent les morts. Nous vous saluons depuis le futur ! » les Ingénieurs demandent ce qu'ils doivent répondre.

— Ce n'est pourtant pas sorcier ! s'exclama le colonel. Ils n'ont qu'à transmettre « S.O.S », martela-t-il. Vous voulez que je vienne avec vous ou vous pensez que vous pourrez vous en sortir sans moi, capitaine ?

— Ça ira, mon colonel, assura Uwanok. Je vous préviendrai dès qu'il y aura du nouveau.

Le colonel Sheldon se recoucha en espérant qu'il replongerait dans le rêve que le capitaine Uwanok venait d'interrompre.

DEUXIÈME PARTIE

LES TEMPLES DE TARAK

CHAPITRE PREMIER

La géante rouge, quatre cents fois plus grosse que le soleil, se trouvait à 10 700 années-lumière de Kahalo et du transmetteur intergalactique.

Une poussière microscopique nageait dans sa corona. Un point certes minuscule à l'échelle gigantesque du soleil mais qui mesurait quand même deux kilomètres et demi de diamètre, auxquels il fallait ajouter l'épaisseur de l'anneau de propulsion, soit deux fois trois cent cinquante mètres. Le vaisseau, le plus puissant jamais construit dans la Voie lactée jusqu'en l'an 2404, temps terrestre, mesurait donc exactement trois mille deux cents mètres de diamètre total. Avec son écran à surcharge de haute énergie et ses soixante canons transformateurs, l'ultracroiseur disposait d'une puissance offensive et défensive qui lui assurait une nette supériorité sur tous les navires connus.

Pourtant, malgré sa puissance, le vaisseau amiral de l'Empire solaire était totalement réduit à l'impuissance, banni qu'il était dans un passé éloigné de plus de cinquante mille ans de son temps réel.

La géante rouge était le meilleur abri qu'il ait pu trouver après sa fuite devant la flotte chargée de le détruire autour de Kahalo.

La situation était donc loin d'être rose pour les Terriens. Pourtant, un homme, surtout de la trempe de Perry Rhodan, se laissait difficilement abattre.

En ce 13 mai 2404, le Stellarque de Sol avait convoqué tout son état-major à 11 heures 45. À lui seul, le choix de maintenir la date du temps réel, dont ils avaient été chassés, en disait long sur l'état d'esprit de Rhodan. En réalité, le *Krest III* se trouvait depuis plusieurs jours en l'an 49 988 av. J.-C. La situation semblait avoir mis un terme prématuré à l'opération Andromède, par laquelle le Stellarque s'efforçait depuis plusieurs années de mettre fin au règne cruel des Maîtres Insulaires.

Dix minutes avant le début de la conférence, la totalité des hommes d'équipage qui n'étaient pas de garde étaient rassemblés devant les écrans Tri-D des cantines et des salles communes.

Les officiers supérieurs du *Krest III* arrivaient les uns après les autres dans la grande salle de conférence du point principal.

Tranquillement installé dans un mess, le lieutenant Arban Cubri paraissait totalement indifférent à la tension qui faisait chuchoter les hommes. Il jouait aux échecs. Son partenaire, qui était aussi l'homme avec lequel il se querellait le plus volontiers, était son meilleur ami, Nash Horlov. Nash et lui appartenaient tous deux aux commandos de débarquement du vaisseau amiral. Avant d'être affectés sur le *Krest III*, les deux jeunes lieutenants avaient déjà servi ensemble sur le croiseur d'attaque *Wyoming*. Leur ancien vaisseau n'existait plus. Après quatre ans de bons et loyaux services durant lesquels le *Wyoming* avait opéré des missions dangereuses aux quatre coins de la Galaxie, le croiseur avait été réformé et mis à la casse.

Arban et Nash avaient passé leur congé sur Terre. Au bout de deux semaines, même l'animation de la capitale de l'Empire solaire n'avait pas empêché qu'ils commencent à se morfondre. L'ambiance de la flotte, la vie à bord leur manquait. Sur Terre, tout paraissait fade, artificiel et insignifiant à côté. Et puis, surtout, ils avaient l'impression qu'il ne s'y passait jamais rien, malgré la hâte des six milliards d'habitants, autant de fourmis, qui s'y agitaient.

Dans l'espace, ils découvraient de nouveaux mondes, affrontaient chaque jour ou presque de nouveaux dangers. Pour eux, la vie à bord était devenue une drogue.

Les deux amis avaient de nouveau postulé pour une affectation spatiale dite « exposée ». À cette époque-là, une équipe spéciale était en train de constituer l'équipage du *Krest II*, le supercroiseur de classe Galaxie qui allait devenir le vaisseau amiral de l'Empire. Les fiches électroniques d'Arban Cubri et de Nash Horlov s'étaient retrouvées en compétition avec des dizaines de milliers d'autres. L'astromarine voulait recruter les meilleurs.

Un beau jour, les deux jeunes officiers avaient été avertis que leurs fiches avaient été sélectionnées par

Nathan, le cerveau géant de la Lune. Ils devaient se présenter dès le lendemain aux premiers tests de sélection.

Ils avaient voulu servir loin de la Terre, et ils avaient obtenu satisfaction. Ils furent de ceux qui pénétrèrent les premiers dans une autre galaxie…

Aujourd'hui, ils étaient plus loin encore. Pour revoir ceux qu'ils connaissaient, ils auraient dû attendre plus de cinquante mille ans !

Le visage d'Arban se contracta. La cicatrice qui s'étendait du coin gauche de sa bouche jusqu'à son front transformait son sourire en une sorte de rictus.

— Échec ! annonça-t-il.

Par la porte ouverte, ils entendirent une voix retentir dans les intercoms de la coursive.

— Abandon forcé, rétorqua Nash en se frottant les mains. Ils commencent.

— Va au diable ! pesta Arban en balayant l'air du bras.

Ils se dépêchèrent de rejoindre leurs camarades pour assister à la conférence. Ils arrivèrent à la salle de réunion de leur compagnie à 11 heures 45 précises.

Le visage souriant, Perry Rhodan regardait les hommes installés autour de lui. La conférence commençait.

*
**

Le Stellarque alla droit au fait.

— Vous savez tous qu'il ne s'agit pas aujourd'hui de mettre au point un nouveau plan d'opérations pour le *Krest III*. Les soixante-dix mille navires lémuriens qui nous attendent près de Kahalo rendent inutile tout espoir de passer par le transmetteur géant. Nous n'essaierons pas non plus de faire une nouvelle incursion sur Lémur. Notre signalement a dû être diffusé dans tout l'Impérium et les navires lémuriens nous feront une chasse aussi impitoyable qu'aux Halutiens.

« Notre véritable problème est de nature toute différente. Les Maîtres Insulaires savent dorénavant qui nous sommes et quelle menace nous représentons pour eux. Les connaissant, il n'est pas difficile d'imaginer qu'il feront tout pour éliminer le mal à la racine. Ils vont donc lancer une offensive directe contre la Voie lactée, comme ils l'ont tenté avec les Maahks il y a peu. La seule différence, c'est qu'ils ne s'arrêteront cette fois que lorsque toute trace de l'Empire solaire aura disparu.

« Notre premier souci est donc d'alerter l'Empire au sujet de la menace qui pèse sur lui. Notre propre sauvetage ne vient qu'en deuxième ligne. Mais, même sur ce point, je reste optimiste, messieurs. »

Il laissa passer quelques secondes, pendant lesquelles il observa les visages de ses plus proches collaborateurs. John Marshall, le chef de la Milice des mutants, Atlan, son ami, l'Arkonide âgé de dix mille ans, L'Émir, Melbar Kasom, l'hercule d'Étrus, le colonel Rudo, commandant du *Krest III*, le professeur Hong Kao, mathématicien en chef du vaisseau et connu pour ses idées bizarres, Icho Tolot, le Halutien, fidèle compagnon pesant presque deux tonnes, et enfin le téléporteur Ras Tschubaï.

Atlan leva la main. Le vieil amiral du temps de la splendeur d'Arkonis, dernier empereur du Grand Empire et immortel grâce à son activateur, n'intervenait que lorsqu'il avait des conclusions originales à formuler. Perry Rhodan lui fit signe de parler. Tous les regards se tournèrent vers le Lordamiral, chef de l'Organisation des Mondes Unis.

— Je rejoins en tous points l'avis du Stellarque. Il faut absolument que nous trouvions un moyen d'alerter l'humanité du 25e siècle. J'ajouterai seulement que nous devrions essayer de trouver une base sûre dans cette époque. Notre combat contre la flotte de Kahalo a montré qu'un géant comme le *Krest III* pouvait être très rapidement endommagé. Par chance, le vaisseau n'a pas subi d'avarie majeure. S'il fallait procéder à des réparations plus importantes, il nous faudrait trouver un point d'appui sûr, si possible un monde développé qui pourrait nous fournir certaines ressources technologiques.

Le Lordamiral croisa les bras, indiquant qu'il n'avait rien à ajouter.

Le colonel Rudo avait également quelque chose à dire.

— Je souhaiterais soutenir la proposition du Lordamiral, expliqua-t-il en veillant à parler sans trop élever la voix. Nous avons la chance de disposer d'un vaisseau sans pareil dans cette époque. Il est à la fois notre base, notre refuge, notre épée et notre seul espoir de regagner le futur. Je pense que nous devons tout faire pour lui conserver toute sa puissance. Sans lui, tout est perdu.

Un léger sourire se marqua au coin de la bouche de Perry Rhodan. La proposition d'Atlan ne pouvait que recevoir un soutien total de la part du commandant du *Krest III*. L'Epsalien tenait au vaisseau comme à la prunelle de ses yeux. Il était connu pour sa sévérité contre les hommes qui provoquaient des dégâts par imprudence. Avec sa voix de stentor, le colonel était capable de passer un tel savon verbal que les malheureux qui en étaient victimes devaient la plupart du temps passer les trois jours suivants sous sédatif à l'hôpital de bord.

— Quelqu'un a une objection ? demanda Rhodan à la ronde.

Le Stellarque leva un sourcil surpris en voyant Icho Tolot demander la parole. La proposition d'Atlan lui paraissait excellente.

— Oui, Tolot ?

— Il ne s'agit pas d'une objection, commandant, précisa aussitôt le géant. Je souhaite apporter une proposition complémentaire. Nous savons qu'à l'époque actuelle, mon peuple s'est lancé dans la conquête de la Galaxie. Il serait peut-être possible de détourner cette pulsion offensive vers un autre objectif, disons Andromède, par exemple…

Sa proposition souleva une vague de murmures. Tolot, dont la voix aurait aisément pu couvrir le fracas d'une tempête, attendit pourtant que le calme revienne de lui-même pour poursuivre.

— J'admets que nos chances d'obtenir un tel résultat sont bien minces. Les Halutiens d'aujourd'hui sont des barbares assoiffés de sang et ils disposent des moyens de mettre la Galaxie à genoux. Ils ne seraient sûrement pas faciles à convaincre, mais s'ils apprenaient ce qui se trouve au-delà du transmetteur géant... Andromède est un univers nouveau qui a tout pour les tenter. Une offensive de leur part sur Kahalo augmenterait nos chances de rejoindre la Nébuleuse.

Un profond silence s'abattit sur la salle et à travers tout le vaisseau. Seul Perry Rhodan pouvait répondre à la proposition du Halutien. Son visage ne trahissait aucune émotion quand il exprima le fond de sa pensée :

— J'ai peur que ce que nous avons pu constater de nos propres yeux au sujet de vos ancêtres ne nous laisse guère d'espoir de les détourner de leurs plans, Tolot. Je suis désolé...

Un officier d'ordonnance qui venait d'entrer dans la salle de conférences s'empressa de s'approcher du Stellarque en voyant qu'il venait de finir sa phrase. Il lui tendit une feuille de plastopapier.

Rhodan la lut en fronçant les sourcils. Une étrange lueur s'alluma au fond de ses yeux gris.

— La conférence est terminée, messieurs, annonça-t-il aussitôt. L'ensemble de vos propositions vont être soumises à l'analyse positronique. Pour votre information, ajouta-t-il en se tournant vers l'objectif de caméra le plus proche, le message que l'on vient de me remettre concerne un appel hypercom que nous avons reçu il y a quelques minutes. Rien d'alarmant. Le service à bord continue comme à l'accoutumée.

*
**

Tous les écrans retransmettant la conférence s'éteignirent simultanément à bord du vaisseau.

La cicatrice d'Arban Cubri avait pris une teinte plus foncée. Ses yeux verts dévisageaient son ami. Le visage de l'Africain était impassible. Seule la profonde ride qui s'était creusée entre son front et son nez indiquait qu'il réfléchissait à ce qu'ils venaient d'entendre.

— Un appel hypercom, là où nous sommes ? reprit Arban. À part les Lémurs et les agents temporels des Maîtres Insulaires, je ne vois pas qui pourrait nous envoyer un message. Le second n'aurait pas dérangé le Pacha en pleine conférence pour un simple appel hypercom de l'Impérium.

— C'est exactement ce que j'étais en train de me dire, approuva Nash en se levant.

Arban l'imita. L'Africain, grand et maigre, le dominait d'une bonne tête.

— Je crois que je vais aller faire un somme, dit Arban. Nous reprenons la garde à quinze heures.

— Bonne idée, je viens avec toi.

Les coursives étaient pleines de monde. Ils quittèrent la bande de transport au niveau du puits antigrav MA-9. Leurs quartiers se trouvaient un pont audessus. En cours de route, Nash s'arrêta devant une salle commune d'où provenaient des rires et des éclats de voix. Il fit coulisser l'un des battants de la cloison étanche et regarda à l'intérieur. Arban renifla comme un chien qui a flairé une piste.

— Il y a de l'ambiance, on dirait. Tu viens, j'ai envie de prendre un verre.

— D'accord pour un verre de sang de taureau bien frais, dit Nash en riant. À défaut, je me contenterai d'un verre de lait au caramel !

L'ambiance de la salle était vraiment survoltée. Les hommes avaient rapproché plusieurs tables et chantaient à tue-tête, comme pour compenser la tension qui ne les lâchait plus depuis que le *Krest III* avait basculé dans le passé. Au moins une cinquantaine de marins battaient la mesure en frappant du poing sur les tables.

Nash n'aimait pas beaucoup les démonstrations bruyantes. Un gros sergent qui paraissait avoir déjà plus d'un verre dans le nez arriva à la hauteur des deux lieutenants et leva son verre en criant :

— Joy… joyeux anniversaire !

Un peu à l'écart, Nash remarqua un lieutenant qui était assis, seul, devant un verre qu'il contemplait sans bouger. Il suivit Arban près du bar. Son ami cogna deux verres l'un contre l'autre pour attirer l'attention du robot de service.

— Vous désirez, lieutenant ? demanda poliment la machine.

— Un double scotch et un lait au caramel, lança Arban.

— Désolé, lieutenant, mais il y a interdiction de servir des boissons alcoolisées depuis cinq minutes. Je peux vous proposer un jus de légume, si vous voulez.

— Beuh ! fit Arban en tirant la langue. Et ceux-là ? fit-il en montrant du pouce la compagnie qui fêtait derrière lui. Ils sont en train de boire du lait de coco, ou quoi ?

— Pour la plupart, ces messieurs ont commandé de la bière sans alcool, lieutenant. J'ai servi un seul lait de coco. Par ailleurs, deux sodas, trois jus d'orange…

— C'est bon, ce n'est pas la peine de détailler la commande s'emporta Arban. Je sais que tu as une excellente mémoire. Donne-moi un soda au citron.

Nash et lui trinquèrent à l'avenir.

— À mon avis, l'interdiction de l'alcool a quelque chose à voir avec ce fameux message hypercom, dit Nash.

— Je parie ma solde du mois avec le premier qui prétend le contraire, affirma Arban en riant.

*
**

Perry Rhodan attendit que les témoins de contrôle du circuit tri-D se soient éteints, puis il se retourna vers son état-major.

— Il semble que nous ne soyons pas les seuls à avoir été rejetés dans le passé, messieurs, annonça-t-il.

Il reprit la feuille de plastopapier qu'il avait posée devant lui.

— Le message ne contient que trois lettres : S.O.S. Seul un Terrien du futur peut connaître leur signification.

— Des Terriens ! s'exclama Cart Rudo.

— Nous verrons bien, répondit le Stellarque en haussant les épaules. Je vous remercie, la séance est levée.

La salle de conférence n'était qu'à cinquante mètres du central. Kalak, l'Ingénieur intergalactique, se précipita vers Rhodan dès qu'il le vit entrer. Le petit homme était tout excité et caressait nerveusement sa longue barbe rousse.

— Vous n'avez pas vu tout le message, commandant ! dit-il à toute allure. Il y a un complément, qui n'est pas en intergalacte, lui.

— En quelle langue, alors ? s'enquit Rhodan.

— Dans celle de mon peuple ! Vous vous rendez compte de ce que cela signifie ?

— Quoi que ce soit, vous devriez vous calmer un peu, Kalak.

— Je ne me calmerai pas ! cria presque l'Ingénieur, qui dansait d'une jambe sur l'autre. Il y a d'autres Ingénieurs intergalactiques dans la Voie lactée de cette époque !

— Venez, dit le Stellarque d'un ton pressant. Nous allons régler ce problème tout de suite.

Kalak suivit Rhodan jusqu'à l'estrade de commandement en zigzaguant comme un possédé.

— Major Whooley ? appela Rhodan dès qu'il fut installé.

— Oui, commandant, répondit le chef du centralcom.

— La fin du message que vous m'avez fait transmettre était en interandro ?

— Affirmatif, commandant. Il s'agissait d'une simple répétition du S.O.S. en andromédan.

— Vous avez reçu d'autres messages depuis ?

— Non, commandant, mais nous avons à localiser la distance et la direction de l'émetteur de manière assez précise. Il est à un peu plus de quatre mille années-lumière.

— Il faut que vous donniez l'ordre d'appareiller tout de suite, commandant, le pressa Kalak. Il y a des Ingénieurs là-bas, ils sont peut-être en danger.

Le Stellarque fronça les sourcils.

— Je sais que votre peuple a été exterminé par les Maîtres Insulaires, Kalak, et je comprends l'importance que vous attachez à retrouver d'autres survivants. Je vous demande pourtant instamment de garder votre calme. Souvenez-vous que c'est grâce à nous que vous avez déjà pu repeupler votre station spatiale. Je vous aiderai dans toute la mesure de mes moyens, comme je l'ai toujours fait. Alors, calmez-vous. Je ne le répéterai pas.

L'Ingénieur baissa piteusement la tête sans rien dire.

— J'imagine que les étrangers vont réémettre leur message, major, reprit le Stellarque. Essayez de déterminer les coordonnées précises du point d'émission. Envoyez deux sondes de repérage. Cela devrait suffire pour obtenir un résultat à une ou deux années-lumière près. Prévenez-moi dès que ce sera fait.

Étonnamment, Kalak avait fini par se calmer. Les arguments du Stellarque avaient porté. L'Ingénieur savait que, sans lui, son peuple aurait déjà allongé la sinistre liste de ceux que les Maîtres Insulaires avaient totalement exterminés. Il n'y avait rien d'autre à faire pour le moment que ce qu'il avait ordonné.

— Je voudrais te parler une minute, dit Atlan en s'approchant de Rhodan et de l'Ingénieur.

Les deux hommes se dirigèrent vers la table de navigation.

— Kalak m'a l'air bien énervé. Qu'est-ce qui lui

arrive ? demanda l'Arkonide.

— Le S.O.S. était répété en interandro à la fin du message. Il est persuadé qu'il y a d'autres Ingénieurs intergalactiques dans cette époque.

— Je croyais que les Maîtres Insulaires avaient anéanti toutes les îles spatiales ? C'est du moins ce que Kalak lui-même a affirmé.

— Que veux-tu dire ? Que les Ingénieurs sont à la solde des Maîtres Insulaires ?

Atlan n'eut pas le temps de répondre. L'intercom de Rhodan sonnait. Le Stellarque courut vers son pupitre et escalada les trois marches de l'estrade en courant. Il poussa le contact en s'asseyant.

— Le message vient d'être émis une deuxième fois, commandant, annonça le major Whooley. Le résultat de la localisation sera disponible dans quelques minutes.

— Merci, major. Appelez-moi aussitôt.

Pensivement, il laissa son regard errer sur la projection tridimensionnelle de la Voie lactée qui était suspendue au-dessus de la table de navigation. Quelque part, à quarante mille années-lumière de là, quelqu'un appelait à l'aide. De qui pouvait-il s'agir ? Comment les inconnus pouvaient-ils supposer qu'un vaisseau terrien était susceptible de recevoir leur appel ?

Les minutes passaient.

Cart Rudo, qui avait suivi les événements, attendait dans son coin la décision qu'allait prendre le Stellarque. Il n'était pas contre un peu d'aventure, pourvu que l'on ne risque pas son précieux *Krest III* dans la gueule du loup. D'ici peu, l'ultracroiseur aurait retrouvé l'intégralité de son potentiel de combat. Le dernier contrôle général du vaisseau était en cours.

Le major Whooley ne rappela que dix minutes plus tard.

— Comme nous avons reçu un troisième appel, j'ai préféré attendre un peu afin de vous donner des coordonnées sûres, commandant, expliqua-t-il.

Le point d'émission du S.O.S. se trouvait au bord du Centre galactique, à exactement 4 610 années-lumière du *Krest III* et à 8 315 années-lumière des Sextuplées.

— Alarme niveau 2, annonça le Stellarque dans le circuit général. Vous pouvez y aller, colonel, ajouta-t-il pour Cart Rudo.

Le *Krest III* avait de nouveau un but.

CHAPITRE II

Le colonel Sheldon s'arrêta devant l'un des hublots en thermoplast et découvrit la cause des ébranlements qui secouaient en permanence la coupole d'acier.

On aurait dit une sorte de concombre géant, doté d'une mâchoire capable d'avaler un bœuf. Le monstre mesurait une quinzaine de mètres de long pour une épaisseur de deux mètres au centre. En fait de tête, il ne possédait qu'une sorte de renflement épais à la base duquel une rangée d'yeux glauques restaient fixés droit devant eux, sur la paroi d'acier. Le monstre possédait une bonne centaine de paires de petites pattes qui donnaient l'impression qu'il glissait plus qu'il ne marchait.

Le concombre géant avait la tête dure et il s'en servait inlassablement. Il glissait en arrière d'une quinzaine de mètres et se projetait à toute allure la tête la première contre la coupole d'acier des Ingénieurs intergalactiques.

Le problème, c'était qu'il y en avait à peu près

cinquante qui faisaient la même chose.

L'Ingénieur qui était à côté du colonel dit quelque chose. Le lieutenant Messier traduisit :

— Ce sont des ontamans. Les Maahks les ont dressés et les ont amenés ici il y a quelques jours.

— Pourquoi ne les abattez-vous pas ? s'étonna le Terrien.

L'Ingénieur écarta les bras en signe d'impuissance.

— Notre station n'est pas terminée et l'île spatiale ne peut pas nous ravitailler tant qu'elle est attaquée par les Halutiens, traduisit le lieutenant. Mais je vous en prie, suivez-moi. Malok va s'impatienter.

Le colonel jeta un dernier coup d'œil sur la forêt aux arbres bleus transparents et emboîta le pas à l'Ingénieur.

Lui, le capitaine Uwanok et le lieutenant Messier étaient arrivés sur la planète, Washun, cinq heures plus tôt, par le transmetteur dans lequel les avait placés l'entité sans nom. Épuisés, ils avaient été réveillés une demi-heure plus tôt par les Ingénieurs. L'étrange message en intergalacte qu'ils avaient capté peu après l'arrivée des Terriens était le seul espoir des trois hommes. Si le *Krest III* avait reçu leur S.O.S., transmis par la station des Ingénieurs, Perry Rhodan se mettrait à leur recherche. Le Stellarque n'abandonnait jamais les siens.

La situation des Ingénieurs, tant sur Washun que dans l'espace, était tout sauf réjouissante. L'aide du *Krest III* serait plus que bienvenue.

Sheldon dut se baisser pour entrer dans la pièce où Malok, le chef de la station, les attendait. La taille des

Ingénieurs dépassait rarement un mètre cinquante.

Malok était le propriétaire de l'île spatiale, MA-Génial, qui était en orbite autour de la planète. Comme tous les Ingénieurs de rang élevé, Malok avait une longue barbe rousse qui contrastait avec sa peau d'un noir luisant. Sa barbe était la plus longue que les Terriens aient jamais vue. Même celle de Kalak était plus courte. Comme celui de tous les propriétaires d'îles, son manteau était d'un blanc immaculé.

Les trois hommes se mirent au garde-à-vous et le saluèrent militairement.

— Bienvenue, messieurs, dit Malok en savourant l'étonnement des Terriens. Nous ne disposons pas de capteurs mentaux dans cette petite station, mais nous avons réussi à nous débrouiller avec les moyens du bord, un translateur et un hypno-instructeur. Je vous en prie, prencz place.

« Iceberg » Sheldon se laissa tomber dans l'un des larges fauteuils bas alignés le long du mur. Malok s'assit en face de lui.

— J'ai fait émettre le petit texte que vous avez préparé trois fois.

— En intergalacte ? demanda le colonel.

— Oui, sauf que..., hésita l'Ingénieur, nous avons ajouté sa traduction en interandro.

— Mais pourquoi ? s'étonna le lieutenant. Ceux auxquels ce message s'adresse ne connaissent sans doute que l'intergalacte.

— Nous avons soumis le problème à notre central positronique avant d'envoyer le message et sa conclusion était nette : répéter le message en interandro.

— Logique, approuva Sheldon. Où en êtes-vous ici ?

— Nous manquons de tout. De chargeurs d'énergie pour nos armes, de régénérateurs d'oxygène... Tout ça parce que les Halutiens nous ont coupés de l'île avant que nous ayons pu nous installer complètement. Mais nous pourrons reparler de tout cela plus tard, si nous sommes encore en vie. Vous avez déjà dû remarquer la mauvaise qualité de l'air dans la station. Nous devons économiser nos réserves.

Messier et Uwanok baissèrent la tête, embarrassés. Le colonel, lui, paraissait confiant.

— Qui sait, les étrangers arriveront peut-être à temps pour nous donner un coup de main.

— Ah oui, les étrangers..., répéta Malok, sceptique. Vous ne savez pas de qui il peut s'agir ?

— En faisant le tour du problème logiquement, j'arrive toujours à la même conclusion. Un seul vaisseau peut avoir émis cet appel : le nôtre.

Sans entrer dans les détails, Sheldon expliqua à l'Ingénieur les raisons de sa mission sur Lémur et ce qui leur était arrivé jusqu'à Washun.

— À ma connaissance, il n'y a ici qu'un seul vaisseau provenant du futur et connaissant l'intergalacte. C'est le *Krest III*. De plus, il est assez gros pour disposer d'un hypercom aussi puissant que celui qui a émis l'appel que vous avez reçu.

— Mais, si c'est le *Krest III*, objecta Messier, pourquoi aurait-il envoyé un message aussi bizarre que « les vivants appellent les morts... » ?

— Je rejoins l'avis du lieutenant, ajouta Uwanok.

La puissance de l'émission signifie que celui à qui le message était destiné se trouvait très loin. La première partie du message peut encore se comprendre, puisque pour nous, tous les gens de cette époque sont morts depuis longtemps. Mais que signifie « Nous vous saluons depuis le futur » ? Le Stellarque n'a pas l'habitude de faire des choses qui n'ont pas de sens.

— Je trouve vos arguments un peu trop théoriques, capitaine, objecta Sheldon. Je reste sur ce que j'ai dit. Si les étrangers ont reçu notre appel, nous aurons bien assez tôt la réponse à toutes ces questions.

— Vous avez raison, colonel, reprit Malok. Concentrons-nous sur nos problèmes les plus urgents.

L'Ingénieur ne put poursuivre. Dans le couloir qui menait à son bureau, les sifflets d'alerte retentirent.

— Que se passe-t-il ? demanda Malok en interandro par intercom.

— La coupole 4 est endommagée, répondit un Ingénieur.

Malok sortit son radiant, vérifia le chargeur et dit aux Terriens en se levant :

— Les monstres ont pénétré dans la coupole 4. Il va falloir lutter au corps à corps pour les repousser. À tout à l'heure.

Les trois Terriens lui emboîtèrent le pas sans poser de questions. Il arrivèrent en quelques minutes sur les lieux de la bataille.

Comme le colonel Sheldon savait que les Ingénieurs n'avaient plus de réserves, il avait décidé d'économiser ses propres recharges d'énergie. Avec un sang-froid étonnant, il semblait ignorer les cris et le tumulte.

Il appuyait brièvement sur la détente de son radiant mais chaque tir faisait mouche. Il semblait détester particulièrement les ontamans. Les béliers vivants s'effondraient les uns après les autres sous ses tirs.

Au bout de quelques minutes, Sheldon appela ses hommes.

— Cela ne sert à rien de se battre ici, à l'intérieur. Il faut sortir. Suivez-moi.

À l'extérieur, ils constatèrent que les Maahks avaient rassemblé une véritable horde de monstres variés qui convergeaient vers la quatrième coupole. Des sortes de hautes tours coniques qu'ils n'avaient encore jamais vues sortaient de la forêt. Larges de quatre mètres à la base, elles mesuraient six mètres de haut.

— Qu'est-ce que c'est que ça ? demanda le lieutenant Messier.

— Aucune idée, mais elles ne sont sûrement pas là pour le décor.

Les trois Terriens firent converger leurs tirs sur la première tour. Elle continua à avancer comme si de rien n'était. Ils s'aperçurent vite qu'ils devaient maintenir un feu concentré sur elles au moins cinq secondes pour les détruire.

Dix d'entre elles s'étaient embrasées quand ils eurent une mauvaise surprise. Le sommet des tours qui arrivaient s'ouvrit, dévoilant un bouton qui se déploya comme une orchidée. Les pétales projetèrent des centaines de longs filaments blancs qui ondulaient vers eux.

Saisi aux jambes, Uwanok perdit l'équilibre. Le réseau qui l'emprisonnait s'épaississait sans cesse. Et se rétractait de plus en plus vite pour l'emmener vers les tours. Après un instant de panique, le capitaine se rasséréna. Son écran le protégeait et il n'avait rien à craindre. Il ajusta son tir plus posément pour couper les câbles maintenant épais comme le bras qui le traînaient. Tout à coup, il comprit la tactique des Maahks.

— Ne vous laissez pas attraper ! cria-t-il. Ils veulent nous submerger pour nous empêcher de défendre les coupoles. Quand ils auront neutralisé suffisamment de défenseurs, ils pénétreront à l'intérieur sans difficulté.

Pour se dégager, Uwanok poussa son antigrav à fond. Il constata rapidement que la force animale, ajoutée à la gravité de 2,7 G, était plus puissante. Il se retourna et visa le cœur de la fleur d'où provenaient les filaments. L'effet fut immédiat. La tour s'effondra, immédiatement flétrie.

— Rejoignez-moi en l'air ! lança l'Eskimo. De là, les tours sont beaucoup plus faciles à atteindre.

Ni Sheldon ni Messier ne répondirent. Il les chercha dans la mêlée. Les Ingénieurs les avaient rejoints à l'extérieur pour prendre les Maahks à revers. La situation de la coupole 4 était désespérée, mais il fallait avant toute chose qu'il retrouve ses compagnons.

Il découvrit Messier au moment où il allait basculer dans le sommet d'une tour. Comme pour la précédente, un seul tir bien ajusté suffit à la tuer. Le lieutenant tomba par terre.

— Où est Sheldon ? cria Uwanok, tout en continuant à tirer sur les Maahks.

— Vite ! s'écria Messier en retrouvant tous ses esprits. La dernière fois que je l'ai vu, ils l'entraînaient vers la jungle.

Les deux hommes s'élevèrent rapidement au-dessus du sol en direction de la lisière.

Le colonel s'était aperçu qu'il pouvait échapper plus facilement aux filaments en désactivant son écran protecteur. Cette technique lui avait bien réussi deux fois, jusqu'au moment où deux tours s'étaient associées pour le capturer. Totalement immobilisé, il avait été emmené sans pouvoir réagir.

— Là, je vois une tour au milieu des arbres ! cria Messier.

Ils atteignirent la monstrueuse plante en quelques secondes. Curieusement, elle ne chercha pas à leur lancer des filaments. Uwanok fit le tour du monstre, sans voir Sheldon. Il allait renoncer et faire signe au lieutenant de repartir, quand il remarqua que le bulbe qui était au sommet de la tour était particulièrement renflé.

Pendant qu'ils hésitaient à intervenir, la plante avait continué à avancer. Tout à coup, les arbres disparurent. La tour accéléra. Uwanok se demandait si le colonel n'était pas déjà descendu plus bas à l'intérieur du monstre quand Messier lança un cri d'alarme.

Uwanok se maudit de n'y avoir pas pensé plus tôt. En levant les yeux, il découvrit le bâtiment du transmetteur. C'était bien sûr là que la tour voulait aller. Avant qu'il ait pu réagir, le bulbe expulsa un gros paquet globuleux. Les filaments le déposèrent dans le bâtiment et se retirèrent très rapidement.

Les deux hommes n'hésitèrent plus. Ils se posèrent par terre et firent feu sans discontinuer sur la plante pour se frayer un passage vers le bâtiment.

Une violente explosion les rejeta en arrière.

Quand ils relevèrent la tête, le bâtiment cubique avait disparu. À sa place, il n'y avait plus qu'un tas de ruines fumantes.

*
**

Ils commencèrent à déblayer les blocs de pierre pour retrouver Sheldon. Ils auraient peut-être réussi si un groupe de Maahks ne s'était pas précipité en hurlant sur eux juste à ce moment-là.

Ils arrivaient de tous les côtés à la fois. Messier et Uwanok tiraient sans cesse, mais les Méthaniens les submergeaient progressivement, indifférents à leurs pertes.

Les deux hommes étaient avant tout des soldats de l'Empire. La situation devenait trop dangereuse. Uwanok fit signe au lieutenant de monter. Ils enclenchèrent leurs antigravs et échappèrent à la mêlée hurlante.

— Les Ingénieurs ont besoin de nous, dit seulement Uwanok pendant le trajet. Nous reviendrons plus tard.

La bataille pour la quatrième coupole faisait toujours rage. Les tirs des Ingénieurs s'étaient espacés. Ils devaient manquer de chargeurs.

Uwanok fit signe à Messier de le suivre. Les deux hommes se posèrent sur le toit de la coupole et commencèrent à tirer tout autour d'elle pour dégager un fossé de terre brûlée au pied de la paroi d'acier. Sous la chaleur, la terre bouillonnait.

Pour la première fois, les assaillants reculèrent. Pris à revers par les Ingénieurs, les Maahks se débandèrent peu à peu. Privés des ordres de leurs maîtres, les monstres hésitaient. En l'espace de quelques secondes, ce fut la panique dans leurs rangs. Ils partirent dans toutes les directions, écrasant les Maahks survivants.

Les deux hommes se laissèrent glisser sur la coupole pour redescendre. Un groupe d'Ingénieurs les attendaient devant la brèche par laquelle les monstres étaient entrés. Malok en faisait partie.

— Où est le colonel ? demanda-t-il.

Les dents serrées, Uwanok fit un geste évasif. À l'intérieur, on entendait encore quelques décharges sporadiques.

— Vous ne voulez pas libérer vos compagnons ? s'étonna le lieutenant.

— Non, cela ne servirait à rien, dit Malok d'une voix sourde.

— Comment, vous allez les abandonner ! s'indigna le Terrien.

— Il est obligé de le faire, dit Uwanok en posant la main sur l'épaule de son compagnon. Ce serait de l'énergie gâchée. Les derniers survivants en auront besoin…

*
**

Le soleil bleu apparaissait très nettement sur l'écran linéaire. Le colonel Rudo pilotait à vue. L'écran panoramique, lui, était d'un gris mêlé de spirales plus claires.

L'entrespace, ou espace linéaire, était très mal connu. Les meilleurs savants de l'Empire l'étudiaient depuis des dizaines d'années, mais tout ce qu'ils savaient à son sujet, c'était comment y faire voyager un vaisseau spatial. Le reste n'était que mystère.

À bord du vaisseau amiral, personne ne se posait de questions à ce moment-là sur l'espace linéaire. Depuis que le *Krest III* était en plongée, il ne pouvait plus recevoir d'appels hypercom.

Tendu, Perry Rhodan observait la mire linéaire sur la projection tri-D qui s'élevait au-dessus de la table de navigation. La ligne rouge qui indiquait leur route théorique était rompue par plusieurs cercles bleus correspondant aux points qu'ils devaient faire en regagnant le continuum.

— Nous avons fait à peu près la moitié du chemin, dit Rhodan. Théoriquement, nous devons encore procéder à quatre émersions avant d'atteindre notre objectif. Si les repérages sont corrects, l'émetteur se trouve sur une planète de ce système bleu.

Le point lumineux qu'il projetait par l'index électronique s'était arrêté juste sur l'étoile, en bordure du Centre galactique.

— Tu as eu raison de préciser « théoriquement », dit Atlan. Plus nous approchons du Centre, plus les étoiles sont denses. Nous aurons de plus en plus de mal à faire le point. Nous aurons de la chance si nous n'avons besoin que de quatre sorties.

— Le seul souci que j'ai, c'est que le message

hypercom n'était pas focalisé. Il a été émis dans toutes les directions de l'espace et nous ne sommes sûrement pas les seuls à l'avoir capté. Je ne sais pas ce qui nous attend là-bas, mais je ne veux pas me laisser ralentir par des problèmes de navigation.

— Comme d'habitude, tu fonces tout droit sur les murs la tête baissée, Barbare. Mais à quoi bon discuter. Tel que je te connais, tu as déjà donné tes ordres au colonel Rudo…

— Tu me connais presque trop bien, Arkonide, repartit Rhodan.

L'Epsalien annonça la fin de la cinquième étape de la plongée.

Les deux hommes tournèrent la tête vers l'écran panoramique.

Les étoiles retrouvèrent brusquement toute leur splendeur. Le soleil bleu vers lequel ils se dirigeaient avait maintenant la taille d'une orange. Le cap avait pourtant subi une dérive importante et le colonel Rudo ne pouvait pas se permettre d'effectuer une traversée en vitesse subluminique trop longue une fois arrivé. La positronique centrale tournait à plein rendement pour calculer les nouveaux paramètres de plongée.

Cinq minutes plus tard, les relevés astronomiques étaient analysés et le géant de l'espace s'enfonçait à nouveau dans l'entrespace.

Cette fois, le soleil bleu n'était plus seul sur l'écran linéaire. Deux autres étoiles l'entouraient. La densité du Centre galactique commençait à se faire sentir.

Il leur fallait encore quatre heures pour entrer dans

la dernière étape du vol. Cinq minutes avant l'émersion finale, Perry Rhodan fit mettre le vaisseau en alerte maximale. Le *Krest III* était paré à toute éventualité.

Jusqu'à la dernière seconde, ils ignoreraient ce qu'ils allaient trouver. Une flotte lémurienne prête à ouvrir le feu, une puissance inconnue, un navire isolé ?

La réapparition des étoiles leur prouva à quel point le commandant et la navigation avaient parfaitement travaillé.

Les détecteurs signalèrent une énorme plate-forme dans l'espace à moins d'un million et demi de kilomètres. L'image agrandie affichée par l'écran panoramique ne laissait aucune place au doute. C'était une île spatiale des Ingénieurs intergalactiques.

Moins de deux secondes plus tard, la détection avait identifié trois navires halutiens qui se préparaient à lancer une nouvelle attaque contre l'île.

Les sirènes de l'alerte rouge retentirent à travers tout le vaisseau.

CHAPITRE III

Les navires revenaient sans cesse à la charge. Sphériques aux pôles aplatis, avec des blocs-propulsion polaires, ils étaient typiquement halutiens.

Les traits d'énergie blême qu'ils déversaient sur l'écran hémisphérique de l'île spatiale n'étaient rien comparés aux rayonnements invisibles du bombardement.

Perry Rhodan et Atlan avaient repris leur place habituelle sur l'estrade de commandement.

Une violente explosion lumineuse obligea le Stellarque à fermer les yeux un instant. Un secteur d'une dizaine de kilomètres carrés de l'écran protecteur de l'île venait de s'effondrer. À plusieurs autres endroits, le rideau d'énergie avait pris une teinte laiteuse sous l'impact des salves.

— Des bombes thermonucléaires à retardement ! s'exclama Icho Tolot. Les Ingénieurs peuvent s'estimer heureux qu'elles aient été réglées pour exploser au niveau de l'écran. Avec cette brèche, elles auraient fait des dégâts colossaux sur la plate-forme.

— Apparemment, vos ancêtres veulent récupérer l'île intacte, suggéra Atlan.

— Je pense qu'il s'agit de tout autre chose, dit Rhodan.

Il appela la détection par intercom.

— Pouvez-vous déterminer si les Halutiens ont déjà envoyé des commandos de débarquement ? s'enquit-il.

— Quatre petites unités ont franchi la brèche de l'écran juste avant que les Ingénieurs la referment, commandant, répondit un officier.

— Merci. Centrale de tir ? Engagez les canons transformateurs contre les Halutiens. Terminé.

Il lança un bref regard à Atlan.

— Désolé pour les vôtres, Tolot, s'excusa-t-il.

Le géant ne paraissait pas spécialement ému.

— Ce ne sont pas *les miens,* commandant. Des criminels restent avant tout des criminels, quelle que soit leur race.

Le Stellarque revint aux écrans en percevant le léger ébranlement correspondant à la première bordée des canons transformateurs du *Krest III*. Les trois croiseurs de six cents mètres qui se trouvaient à portée de tir un instant plus tôt n'étaient plus que des sphères de gaz incandescent en expansion.

— Chaque chaloupe de débarquement compte cinquante Halutiens, expliqua Tolot. Il y en a donc au moins deux cents sur l'île maintenant. Si nous voulons sauver les Ingénieurs, il faut faire vite.

Le Stellarque eut un sourire froid.

— Attention, ici Rhodan. Préparez immédiatement dix corvettes pour un corps de débarquement. Au chef des unités robot. Kagato, embarquez deux cents robots de combat lourds. Mettez-vous en contact avec le PC des troupes embarquées. Redhorse ! J'ai besoin de six cents commandos pour nettoyer l'île spatiale. Dix corvettes seront prêtes d'ici quelques minutes. Organisez-vous comme vous voulez, mais laissez dix places disponibles à bord. Terminé.

Le Stellarque se retourna pour chercher quelqu'un.

— John ! appela-t-il en voyant Marshall.

Le chef de la Milice s'approcha en courant.

— Nous allons avoir besoin des mutants. Appelez Ras, Tschubaï, Lenoir, L'Émir, Sengu, Goratchine et Yokida.

Il fronça les sourcils en voyant Kalak sortir de l'un des murs du central.

— Vous, vous restez ici ! lança-t-il d'un ton sans réplique. Allez au centralcom et essayez d'entrer en contact avec l'île. Pour éviter toute méprise, prévenez-les que nous arrivons et de ce que nous avons l'intention de faire. Avertissez le major Redhorse dès que vous aurez reçu confirmation de l'ouverture de l'écran.

L'Ingénieur opina du chef et se hâta de sortir sans piper mot.

— Kasom, vous m'accompagnez, dit-il à l'Étrusien. Atlan et Tolot sont libres de venir ou pas, ajouta-t-il en voyant le regard interrogateur de l'Arkonide.

Les trois yeux rouges du Halutien croisèrent ceux couleur rubis du Lordamiral, son ancien ennemi. Tolot répondit pour eux deux.

— Bien entendu, nous vous accompagnons, commandant.

*
**

Le ronflement d'Arban s'interrompit dans un gargouillement quand les sirènes d'alarme hurlèrent. Il sauta à bas de sa couchette par réflexe.

— C'est pour nous ? demanda-t-il d'une voix rauque à Nash, qui était déjà habillé.

— Non, répondit son ami. Pour l'instant, nous en restons au stade du combat spatial, dit-il en montrant l'écran intercom de leur petite cabine.

— Une île spatiale ? s'exclama Arban.

— Toi, on peut dire que rien ne t'échappe, ironisa Nash.

— À mon avis, ils risquent d'avoir besoin de nous d'ici peu, répondit Arban en enfilant sa combinaison. Il se dirigea ensuite vers la petite armoire de la cabine et sortit son radiant, qu'il vérifia soigneusement. Par précaution, il glissa un chargeur d'énergie neuf à l'intérieur.

— Je ne vois pas pourquoi Rhodan ferait débarquer des commandos sur l'île, objecta Nash au bout d'un moment.

— Regarde bien, expliqua Arban. Tu n'as pas l'impression que les Halutiens pourraient frapper plus fort ? S'ils ménagent leurs efforts, c'est sûrement parce qu'il veulent s'emparer de l'île.

— Tu as sûrement raison, admit Nash. Par tous les dieux, qu'est-ce que nous allons faire si nous devons affronter des Halutiens ! s'exclama-t-il, effrayé.

— Je ne sais pas, tu peux essayer de les asticoter avec une sagaie, si ça te dit. Moi, je prendrai un tibia bien aiguisé !

Le haut-parleur de l'intercom passa automatiquement sur la fréquence d'appel général quand le Stellarque donna ses ordres pour préparer le débarquement des commandos.

— Tu vois ? triompha Arban.

Nash serra les dents, angoissé à l'idée d'affronter les Halutiens, de véritables machines à tuer, pratiquement invulnérables.

Moins d'une minute plus tard, la voix de Don Redhorse retentit dans leur cabine. Les deux jeunes lieutenants sortirent en trombe dès qu'ils entendirent leur nom et leur corvette d'affectation.

Trois minutes plus tard, ils entraient dans le hangar. Une bonne moitié de leur compagnie était déjà rassemblée au pied de la corvette, la *KC-88*.

— Regarde les robots de combat ! souffla Arban. C'est du sérieux.

Une partie des machines à quatre bras portaient des obusiers à canon court. Les magasins de munitions que les robots portaient sur le dos contenaient dix obus supplémentaires. Chacun d'eux avait une puissance de déflagration équivalente à un kilotonne de TNT.

Le tumulte des grands jours régnait dans le hangar. Outre le pas lourd des colonnes de robots, on entendait les cris des mécaniciens qui achevaient les derniers contrôles des petits navires, ceux des chefs de compagnie qui rassemblaient leurs hommes, le grondement des propulseurs qui chauffaient. Les hommes qui savaient qu'ils allaient bientôt se retrouver face aux Halutiens étaient silencieux. Toute cette agitation n'était rien comparée à ce qui les attendait. Aucun d'eux n'était sûr de revenir vivant de l'opération.

Les deux lieutenants rassemblèrent leurs sections et vérifièrent l'équipement de leurs hommes. Outre leurs deux groupes, huit autres allaient prendre place dans la chaloupe, soit cinquante hommes en tout.

— Le compte n'est pas bon, s'étonna Nash. Je croyais que le corps de débarquement devait compter six cents hommes. À douze chaloupes, cela n'en fait que cinq cents.

Arban n'eut pas le temps de répondre. Une haute silhouette que chaque homme du *Krest III* connaissait bien entra dans le hangar. C'était Rhodan, suivi par Redhorse et un groupe d'une douzaine de personnes.

— Crénom ! jura l'un des soldats de Nash. Tout le gratin !

— Silence, Thunar ! ordonna le lieutenant.

Une fois que toutes les sections furent rassemblées au garde-à-vous, les commandants de compagnie rendirent compte au major Redhorse.

— Embarquez ! ordonna le Cheyenne d'une voix forte.

Perry Rhodan et ses compagnons avaient déjà pris place à bord de la *KC-88*.

Arban et Nash s'installèrent avec leurs hommes sur les bancs alignés dans la soute de la corvette. Ils se turent tous quand le Stellarque s'adressa à tous les commandos.

— Il faut considérer l'île comme notre future base d'appui. Par conséquent, le *Krest III* ne pourra pas intervenir en soutien contre les commandos halutiens. Nous devrions pouvoir nous en sortir avec l'aide des mutants et des robots de combat. Un point très important. Grâce à Icho Tolot, nous savons qu'il n'est possible d'éliminer un Halutien qu'en le prenant simultanément sous le feu d'au moins quatre hommes. Il est donc indispensable que nous restions groupés pendant toutes les opérations.

« Autre chose. Dès que nous en aurons fini avec les Halutiens, l'île spatiale devra impérativement évacuer le secteur. Par conséquent, ses générateurs et ses propulseurs ne doivent en aucun cas être endommagés. Je suis sûr que nous réglerons cette affaire vite et bien. Terminé. »

Nash Horlov observa ses hommes. Certains avaient le regard fixé dans le vide, d'autres évitaient soigneusement de croiser le sien. Les Halutiens étaient jusqu'à présent considérés comme invincibles et c'était la première fois que des Terriens et des Terraniens allaient devoir les affronter.

Pendant que Rhodan s'adressait à eux, les corvettes avaient eu le temps de sortir des hangars.

Une légère secousse et le grondement des propulseurs apprit aux commandos que les navires accéléraient pour rejoindre l'île spatiale.

*
**

Kalak avait bien travaillé. Les dix corvettes se posèrent sans encombre sur l'immense astroport de l'île. L'enfer se déchaîna dès que les premiers soldats sortirent.

MA-Génial était construite sur le même modèle que KA-Supertarif, l'île spatiale de Kalak. Avec quatre-vingt-douze kilomètres de diamètre pour trente et un d'épaisseur sur son axe, elle était toutefois légèrement plus petite. L'astroport, situé au centre de la face supérieure, s'étendait sur trente kilomètres.

Les corvettes s'étaient posées en périphérie de l'astroport, à un kilomètre des bâtiments. Les hommes et les robots débarquèrent, couverts par les désintégrateurs et les radiants lourds des navires.

Les combats faisaient rage à l'intérieur de l'île. Des explosions retentissaient partout et l'éclat des tirs radiants montrait que les Halutiens avaient déjà réussi à s'infiltrer dans la quasi-totalité des installations.

Arban et Nash lancèrent leurs sections à l'assaut en formation semi-circulaire. Ils atteignirent les abords des bâtiments sans voir un seul Halutien. Ils ne s'en trouvaient plus qu'à trois cents mètres quand une massive silhouette au spatiandre vert foncé surgit devant eux.

Avec ses trois mètres cinquante de haut et une carrure de deux mètres cinquante, le géant aurait fait reculer n'importe quel homme sensé. Mais les soldats de l'Empire avaient été formés pour affronter toutes les menaces imaginables et la discipline de fer de l'astromarine les avait habitués à réagir au quart de tour.

Le Halutien n'avait pas jugé bon de fermer le casque de son spatiandre. En voyant la troupe qui s'élançait vers lui, il eut une réaction étrange.

Le géant éclata de rire.

Il raccrocha son radiant lourd à sa ceinture et se pencha en avant pour poser ses bras de course sur le sol.

Arban savait ce qu'il avait l'intention de faire. Il se préparait à foncer droit devant lui pour bousculer leurs rangs. La transformation moléculaire de son corps, qui avait déjà pris une teinte plus sombre, était en cours. D'ici quelques secondes, la chair du géant atteindrait la dureté de la terkonite.

Sans cesser de courir, Arban ajusta son tir et cria :

— Feu à volonté sur la tête !

Les cinq faisceaux d'énergie de sa section convergèrent juste sur la tête hémisphérique du Halutien. Le géant continuait pourtant à accélérer. Plus que vingt mètres…

Sa silhouette commença à ressembler à une image fantomatique éclairée de l'intérieur. Deux secondes plus tard, le Halutien avait cessé d'exister.

— Bravo, on continue ! lança Arban dans le micro de son casque.

L'action avait stimulé et rendu confiance à ses hommes, qui se précipitèrent à toutes jambes vers le bâtiment dont le Halutien était sorti.

Les deux jeunes lieutenants avaient eu plus de chance que nombre de leurs compagnons. Des débris de triscaphes jonchaient déjà l'astroport et plus d'une dizaine de robots de combat avaient volé en éclats pendant les premières secondes du débarquement.

Plusieurs Halutiens s'étaient solidement retranchés

dans le bâtiment principal. Les robots de combat durent réduire la coupole en miettes pour briser leur résistance. Les corps de plusieurs soldats solaires jonchaient le champ de bataille.

La section d'Arban fut dépassée par deux robots de combat solaires qui s'engouffrèrent dans un puits antigrav. Le lieutenant décida de saisir sa chance. Il fit signe à ses hommes de le suivre et s'engagea dans le puits à la suite des robots, laissant la section de Nash derrière eux.

Les explosions de la surface ne lui parvenaient plus que de manière étouffée. Dans l'obscurité du puits, les carapaces de métal des robots brillaient dans le cône de sa lampe au-dessous d'eux.

Le puits s'enfonçait à deux kilomètres et demi de profondeur. Arban vit les deux machines s'engager dans la coursive dans laquelle il débouchait. Le lieutenant et ses hommes touchaient à leur tour le fond du puits quarante secondes plus tard. Un délai qui leur sauva sûrement la vie.

En effet, de violentes déflagrations retentirent dans la coursive peu après la sortie des robots. En quelques secondes, la température extérieure monta à près de mille degrés. La coursive, faiblement éclairée, rougeoyait comme un volcan. Les deux robots avaient été détruits, mais les corps de deux Halutiens gisaient aussi vingt mètres plus loin. Apparemment, il n'y en avait plus d'autres.

Le croisement suivant devait montrer à Arban qu'il n'en était rien.

Le lieutenant arrivait à la hauteur d'un couloir

latéral quand il se retrouva pratiquement nez à nez avec l'un des géants, qui se précipita en grondant sur lui. Arban parvint à l'éviter en se propulsant en avant d'un coup de pied. Porté par ses antigravs, il s'envola à trois mètres de là.

— Feu ! cria-t-il aussitôt.

Tenant son radiant à deux mains, il vit à l'éclair qui s'alluma de l'autre côté du Halutien que ses hommes avaient réagi. Les secondes qui suivirent s'écoulèrent au ralenti. Il entendit des cris et vit une ombre se précipiter vers lui. Ensuite, quelque chose explosa comme une gerbe de feu dans sa tête.

Quand il revint à lui, deux Ingénieurs intergalactiques étaient penchés sur lui.

— Vous allez pouvoir marcher ? s'enquit l'un d'eux en interandro.

— Je crois que cela va aller, répondit Arban dans la même langue.

L'un des Ingénieurs l'aida à se remettre sur ses pieds. Tout à coup, il s'aperçut que plus aucun son ne provenait de son récepteur de casque. Il était réglé à faible distance, mais il aurait au moins dû entendre ses hommes.

— Où sont mes hommes ? demanda-t-il en regardant autour de lui.

— Nous sommes arrivés trop tard pour les sauver, expliqua l'Ingénieur. Je m'appelle Hortan. Je suis le commandant en chef adjoint de l'île. Pourriez-vous me conduire jusqu'à votre chef ?

Arban opina du chef sans rien dire.

— Je vais essayer, Hortan, dit-il d'une voix éteinte.

*
**

Le lieutenant s'était à peine mis en route que l'air commença à brasiller devant lui. Une fraction de seconde plus tard, deux silhouettes se rematérialisaient devant le Terrien et les deux Ingénieurs.

— Travail de précision, pas vrai, chef ? pépia la plus petite des deux silhouettes en arborant une incisive supérieure d'un blanc éclatant.

Un vague sourire éclaira le visage de Rhodan, qui fit un signe de tête amical à Arban avant de se tourner vers Hortan.

— Je suis Perry Rhodan, chef du principal empire galactique qui existera dans cinquante mille ans et commandant de cette expédition. Vous êtes Hortan, le commandant-adjoint de cette île spatiale ?

L'Ingénieur, figé par la surprise, se secoua.

— C'est bien ça. Mais comment avez-vous pu me trouver si vite et… arriver ici ?

— Télépathie et téléportation, lança brièvement Rhodan. Mais c'est secondaire pour l'instant. Où se trouve le propriétaire de l'île et où en êtes-vous avec les Halutiens ?

Apparemment, l'Ingénieur avait du mal à s'accoutumer à l'énergie et à la détermination dont Rhodan faisait preuve.

— Malok, le propriétaire de MA-Génial, se trouve sur la planète Washun, près de laquelle nous nous trouvons. La situation ici est un peu confuse, poursuivit-il en essuyant la sueur qui perlait sur son front noir. Les Halutiens sont de vrais démons. Ils ont tué beaucoup des nôtres avant votre arrivée. Heureusement que notre frère Kalak nous a appelés, sinon nous aurions abattu vos navires.

— Ne vous tracassez pas pour ça, répliqua le Stellarque. Nos écrans auraient résisté sans difficulté. Poursuivez.

Hortan avala péniblement sa salive.

— Quand vous vous êtes posés, les Halutiens ont fait remonter l'essentiel de leurs commandos pour vous repousser. Cela nous a soulagés, mais nous ne sommes pas encore sortis d'affaire à l'intérieur.

— Très bien, dit Rhodan. Tolot ? appela-t-il par radio. Qu'a donné votre petite expérience ?

— Rien du tout, commandant. Ils ne comprennent même pas le mot « paix ». Ils me considèrent comme un traître et font tout ce qu'ils peuvent pour m'abattre. J'ai dû rejoindre les mutants pour me protéger. Nous sommes en route pour les salles des propulseurs avec dix robots de combat.

— Parfait, continuez. Je viens d'entrer en contact avec les responsables de l'île. Je vous rappelle dès que j'aurai du nouveau.

Le Terrien fixa Hortan.

— Combien d'hommes avez-vous sur Washun ?

— Huit cents, mais...

— Pourquoi Malok reste-t-il sur la planète au lieu de venir défendre son île ? le coupa Rhodan.

— J'allais vous l'expliquer. La station planétaire n'est pas complètement opérationnelle. Les deux navires dont ils disposaient ont été endommagés. En admettant qu'ils soient toujours en vie, ils ne pourraient pas nous rejoindre.

— Par qui sont-ils attaqués ?

— Washun est un monde de type ammoniac-hydrogène. Ses habitants attaquent la station sans répit. On dirait que leurs réserves sont inépuisables. Comme les nôtres manquent de tout, y compris de munitions, nous sommes très inquiets à leur sujet. Notre dernier contact remonte à cinq heures. Ils commençaient déjà à manquer d'oxygène.

— Huit cents hommes, dit Rhodan pour lui-même. Il faudrait cinq corvettes...

Il se pencha de nouveau sur le minicom intégré au boîtier qu'il portait à l'avant-bras.

— Redhorse ? Ici Rhodan.

— Commandant ? s'annonça le Cheyenne quelques secondes plus tard.

— Envoyez cinq corvettes près du bord de l'astroport, là où une tour de contrôle a été totalement détruite. J'y serai dans quelques minutes.

— Bien reçu, commandant, confirma le major.

— Lieutenant...

— Lieutenant Cubri, commandant.

— Vous allez nous accompagner. Où sont vos hommes ?

— Je suis le seul survivant de ma section, commandant.

Le regard du Stellarque se voila l'espace d'un instant.

— Serait-il possible que l'un de vous nous accompagne pour faciliter la prise de contact avec votre station ? demanda-t-il à Hortan.

— Je préférerais que tous mes hommes restent ici, affirma l'Ingénieur. Nous avons besoin de tout le monde. De toute façon, vous n'aurez pas de problème de contact avec la station. Trois hommes qui vous ressemblent s'y trouvent déjà. Ils disent appartenir à la flotte de l'Empire solaire.

— Quoi ? s'exclama le Stellarque. Des Terriens sur Washun. Vous êtes certain qu'il ne s'agit pas de Lémurs ?

— Non, nous connaissons très bien les Lémurs.

— Comment y sont-ils arrivés ?

— Par un transmetteur de matière qui se trouve sur Washun. J'ignorais son existence jusqu'à aujourd'hui.

— Il dit la vérité, intervint le mulot. Il ne sait rien de plus.

— Très bien, allons-y. Bonne chance, Hortan, et à bientôt, dit Rhodan en levant la main. Venez, lieutenant.

Le Stellarque eut à peine de temps d'écarquiller les yeux de stupéfaction. Arban s'était précipité sur lui, le renversant par terre.

Un trait d'énergie blême siffla au-dessus de leurs têtes.

Les deux hommes et les Ingénieurs ouvrirent le feu sur la première des deux silhouettes monumentales qui se précipitaient vers eux.

Sans L'Émir, les Halutiens les auraient écrasés comme des fétus de paille. Le mutant libéra toutes ses forces télékinésiques pour bloquer leur élan et les obliger à retourner leurs propres armes contre eux-mêmes. Cette expérience, la plus incroyable de toute leur vie, fut aussi la dernière.

— Je vais nous téléporter sur l'astroport, proposa L'Émir. Les coursives sont mal fréquentées, ici.

Le mulot leur prit la main et les trois silhouettes disparurent aussitôt, laissant Hortan et l'autre Ingénieur sidérés sur place.

CHAPITRE IV

— Mon île est en train d'exploser ! s'écria Malok, les yeux fixés sur son écran d'observation.

Trois énormes explosions venaient d'avoir lieu sur la plate-forme.

— Vous ne disiez pas que l'île était attaquée par trois navires halutiens ? demanda Uwanok.

— Oui, mais vous ne pensez quand même pas que… C'est impossible !

— Trois explosions, trois navires halutiens, affirma le capitaine. Ce n'est pas plus compliqué que cela. Appelez l'île pour vérifier.

Le chef des Ingénieurs s'était ressaisi. Il activa son petit hypercom et attendit. Une minute passa sans que personne ne réponde. Aïno Uwanok commença à douter.

Finalement, une image s'afficha.

— Désolé, Malok, mais nous avons beaucoup à faire, s'excusa l'Ingénieur. L'alimentation avait été interrompue, il a fallu créer une dérivation.

— Mais l'alimentation des hypercoms est en plein centre de la station ! s'exclama Malok. Qu'est-ce qui s'est passé, Hortan ?

Le commandant-adjoint toussota, gêné, puis il se lança.

— Les Halutiens ont pu débarquer quatre commandos d'extermination sur MA-Génial avant l'arrivée de nos alliés, expliqua-t-il. Nous tenons toujours les zones centrales, mais au prix de pertes très lourdes...

L'image sauta tout à coup et l'écran s'éteignit.

— Des Halutiens sur mon île ! gémit Malok en s'épongeant le front. Vous savez ce que cela signifie ?

Le capitaine le savait très bien. Les Ingénieurs intergalactiques ne pourraient résister très longtemps. Mais il y avait autre chose...

— Hortan vous a parlé d'alliés. De qui s'agit-il ?

— Je n'en sais rien du tout, reprit Malok sur un ton plaintif. Si vous avez raison, ce sont eux qui ont détruit les trois navires halutiens.

— Donc, tout espoir n'est pas perdu, affirma Uwanok.

— Puissent les dieux vous donner raison !

— Et si c'était le *Krest III* ? suggéra soudain Pierre Messier.

— Bravo, mon garçon, on peut dire que vous comprenez vite ! ironisa Uwanok.

Le lieutenant ouvrit la bouche mais la referma aussitôt. Au-dessus des coupoles, un grondement ébranlait le ciel.

*
**

Grâce aux renseignement fournis par le poste de commandement de MA-Génial, les détecteurs de la *KC-88* localisèrent rapidement les coupoles métalliques de la station des Ingénieurs.

Perry Rhodan et L'Émir observaient, surpris, la masse de créatures humanoïdes qui les entourait.

— Des Maahks ! s'exclama Arban derrière eux.

— Tu t'attendais à quoi, mon gros ? ironisa L'Émir. Un monde de type hydrogène-ammoniac avec une gravité de 2,7 G. Un monde idéal pour les Méthaniens. C'est le contraire qui m'aurait surpris.

Perry Rhodan hocha la tête en signe d'approbation.

Arban n'en revenait pas. Dans la flotte, L'Émir était considéré comme un mutant surdoué mais aussi comme un vantard. Jamais le lieutenant n'aurait imaginé que le mulot puisse développer un raisonnement aussi poussé sur la base de simples résultats de détection. Son admiration pour le petit être à fourrure s'accrut soudain exponentiellement.

Le sourire triomphant que lui lança le mulot au même moment le mit mal à l'aise. Il essaya de penser à autre chose.

Les cinq navires de soixante mètres amorçaient déjà leur descente. Formés en cercle, ils encadraient les coupoles de la station. Portées par les flammes bleutées de leurs propulseurs, les corvettes firent le vide sous elles.

Le vrombissement des propulseurs s'arrêta.

La voix de Rhodan résonna dans les cinq navires :

— Que toutes les sections de combat se rassemblent avec leur équipement complet devant l'entrée de la plus grande des coupoles !

Pour ne pas trop dégarnir les effectifs dirigés par Atlan sur l'île spatiale, le Stellarque n'avait pris que cinquante hommes pour évacuer Malok et les survivants de sa station. Il arriva parmi les premiers devant la coupole.

C'est seulement à se moment-là qu'il comprit qu'il avait commis une erreur. Pensant que les Maahks avaient été suffisamment impressionnés par l'atterrissage des corvettes, il n'aurait pas imaginé qu'ils puissent ressortir aussitôt de la jungle.

Le grondement des radiants lourds des corvettes lui apprit qu'il n'en était rien.

Lancés à toute allure, les concombres géants des Méthaniens, les ontamans, fonçaient tête baissée vers les Terriens. Une horde de tours végétales de six mètres de haut, des serpents à la gueule démesurée et des monstres à huit pattes gros comme des éléphants se ruaient vers eux. Dans la cohue, des Maahks portant des lances transparentes les excitaient.

Les canons des corvettes balayèrent la horde sauvage en moins d'une minute. Le sol s'enflamma tout autour des coupoles jusqu'à la lisière de la forêt, distante de cinq cents mètres. La terre portée au rouge tremblait sous les pieds des commandos terriens.

— Cela leur suffira peut-être, dit Arban.

Le Stellarque lui jeta un regard froid.

— Étant plus primitifs que les Maahks que nous avons combattus, cela m'étonnerait beaucoup. Leur instinct de destruction et leur hargne sont sûrement encore plus développés. Ils reviendront.

La sas de la coupole centrale s'ouvrit, livrant passage à un Ingénieur accompagné par deux hommes dont le spatiandre portait le soleil caractéristique de l'Empire fondé par Rhodan. Le plus petit des deux s'approcha du Stellarque et le salua.

— Capitaine Uwanok, du commando spécial Lémur, au rapport, commandant. Le colonel Sheldon est porté disparu.

— Merci, capitaine, répondit Rhodan, soucieux.

— Je vous présente l'Ingénieur intergalactique Malok, propriétaire de l'île spatiale MA-Génial, reprit Uwanok.

Le visage de l'Ingénieur parvint à esquisser un pauvre sourire. Il serra la main que lui tendait le Stellarque.

— Je suis heureux de rencontrer le chef du plus puissant empire galactique du futur, dit-il.

— Le plaisir est pour moi, répondit Rhodan en lançant un regard interrogateur à Uwanok, comme s'il le soupçonnait d'être responsable de ces présentations pompeuses.

— J'ai déjà parlé à votre adjoint, Hortan. Il m'a informé de votre situation. Voulez-vous embarquer avec vos hommes pour rejoindre MA-Génial ?

L'Ingénieur lança un coup d'œil vers les corvettes, solidement campées sur le terrain qu'ils avaient dû défendre jour après jour au prix de la vie de tant des leurs. Une larme glissa soudain de ses yeux, disparaissant dans les poils roux qui naissaient sur ses joues.

— Les combats se poursuivent sur mon île ? s'enquit-il.

— Oui, confirma Rhodan. Je vous propose de rejoindre mon vaisseau amiral en attendant que les commandos halutiens soient mis hors d'état de nuire.

— Merci, commandant, nos réserves d'oxygène sont pratiquement…

— Je sais, Malok. Comment êtes-vous arrivés jusqu'ici, capitaine ? demanda-t-il en se tournant vers Uwanok. Par un transmetteur de matière ?

— En effet, commandant. Pour être exact, nous avons atteint Washun après un court séjour sur sa lune, Tarak.

— Vous me raconterez plus tard comment vous avez fait pour relier Lémur à Tarak, capitaine. Par quel genre de transmetteur êtes-vous passé ?

— Des transmetteurs à cage, identiques à peu de chose près à ceux qui existent sur Ferrol.

L'Émir poussa un sifflement.

— L'Immortel !

Rhodan préféra ne pas répondre. Il demanda au plus gradé des commandos d'organiser l'évacuation des Ingénieurs puis appela Redhorse par minicom.

— Envoyez-moi un triscaphe, major, demanda-t-il. Je n'ai besoin que d'un pilote. Le capitaine Uwanok, les lieutenants Messier et Cubri vont m'accompagner pour une petite excursion.

— Le transmetteur est détruit, commandant, intervint Messier. Il a explosé peu après que le colonel Sheldon a été projeté à l'intérieur par l'une des créatures des Maahks. Comme nous étions attaqués à notre tour, nous n'avons même pas eu le temps de fouiller les ruines.

— Vous auriez dû le dire plus tôt, lieutenant, dit Rhodan, qui rappela Redhorse. Envoyez-moi également une plate-forme antigrav avec un projecteur de force, major. Nous allons voir ce que nous pouvons faire pour le colonel, ajouta-t-il pour les deux rescapés du commando Lémur.

Il ne savait pas à quel point il allait être surpris par ce qui les attendait…

*
**

Le triscaphe glissait à bonne allure à quelques mètres au-dessus de la cime des arbres sur son « coussin » antigrav.

Pour la première fois depuis qu'il était arrivé sur Washun, Aïno Uwanok avait le temps d'observer le paysage. En soi, la forêt transparente était très belle. De petites créatures irisées comme de la nacre se laissaient tomber depuis les plus hautes branches, remontant avec le premier courant ascendant. La jungle résonnait de cris et d'appels brefs. De temps à autre, ils apercevaient quelque énorme créature blanche aux yeux couleur d'or entre les branches. Mortelle pour un être humain, Washun regorgeait de vie.

Pierre Messier, assis près du pilote, avait pris la direction des opérations.

Ils atteignirent les ruines du bâtiment du transmetteur en moins de dix minutes.

Uwanok demanda au pilote de faire quelques larges cercles au-dessus de leur objectif avant de se poser. Il examina avec soin les environs à la jumelle, mais il savait à quel point les Maahks étaient difficiles à repérer.

L'Émir vint à son aide :

— Il n'y a personne dans un rayon de plusieurs kilomètres, assura-t-il.

Le triscaphe se posa juste à côté des amas de pierres noircies. La plate-forme les rejoignit une minute plus tard. C'était un disque de quatre mètres de diamètre, au centre duquel s'inscrivait, débordant au-dessus et au-dessous, une sphère noire d'un mètre cinquante qui contenait un générateur autonome et un projecteur de force produisant un champ d'énergie proche, sur le principe, de celui d'un rayon tracteur.

La plate-forme se mit en place à une cinquantaine de mètres au-dessus des décombres.

Depuis le triscaphe, Rhodan donna l'ordre aux deux techniciens de la plate-forme de commencer le déblaiement.

— Procéder par couches horizontales successives en y allant doucement. Il y a peut-être un corps sous les décombres.

La demi-sphère qui se trouvait sous la plate-forme commença à tourner lentement sur elle-même. Comme par magie, une épaisseur de vingt centimètres de débris se souleva sur toute l'étendue de l'ancien bâtiment. Le cortège de pierres se déplaça latéralement et retomba dans l'herbe bleue une centaine de mètres plus loin.

— Bravo, s'exclama le Stellarque. Maintenant, enlevez les plus importants un par un. On voit déjà des reflets métalliques.

En moins de cinq minutes, le centre de l'ancien bâtiment était dégagé.

Perry Rhodan, L'Émir, Uwanok et les deux lieutenants sortirent du triscaphe, qui reçut l'ordre de monter à vingt mètres d'altitude pour surveiller la forêt.

Ils escaladèrent les décombres extérieurs et descendirent à l'intérieur du cratère creusé par l'explosion. Perry Rhodan ramassa un débris de métal très clair qui avait dû faire partie de la cage du transmetteur. Le socle, qui reposait sur des fondations solides, était pratiquement intact. Normalement, un spatiandre solaire aurait également dû résister à la déflagration.

La plate-forme reprit le déblaiement. Un quart d'heure plus tard, Rhodan devait se rendre à l'évidence. Aussi incroyable que cela pouvait paraître, le corps du colonel Sheldon avait disparu !

*
**

— Il n'y a qu'une seule explication, dit Uwanok. Le colonel a eu le temps d'activer le transmetteur avant l'explosion.

— Et il a été projeté sur Tarak, à votre avis ?

— Cela semble très probable, en effet, commandant, assura le capitaine.

— Et d'où venait la charge explosive ? voulut savoir L'Émir.

— D'après ce que nous avons vu, il s'agissait d'une substance assez primitive, reprit Uwanok. Un mélange à base de salpêtre et de soufre, de la simple poudre noire, probablement. Impossible de savoir si ce sont les Taraks qui l'ont envoyée par le transmetteur. Cela paraît probable, mais les Maahks auraient peut-être pu placer la bombe eux-mêmes…

— Peu importe, l'interrompit L'Émir. L'essentiel, c'est que Sheldon est peut-être encore vivant. Vous pensez que l'on peut utiliser le transmetteur sans la cage ?

— Le risque de se rematérialiser dans l'hyperespace est trop grand, expliqua Rhodan. Là où il y a un transmetteur, il peut y en avoir d'autres. Essayons de le trouver. Si nous échouons, nous pourrons prendre une corvette pour aller sur Tarak. Dans ce cas-là, il faudra explorer toute la lune pour retrouver le transmetteur d'arrivée.

— Je me souviens très bien de celui où nous sommes arrivés, précisa Uwanok. Je pourrai le retrouver rapidement.

— Tentons d'abord notre chance ici, conclut Rhodan.

Le triscaphe monta jusqu'à mille mètres d'altitude en décrivant des cercles de plus en plus importants. Le lieutenant Messier s'installa à l'écran du détecteur à micro-ondes, tandis que le capitaine lançait la recherche avec les autres appareils.

Entre-temps, la nuit était tombée. La jungle émettait une légère fluorescence bleutée. À l'horizon, un volcan émettait un panache de fumée qui serpentait dans le couchant d'un bleu-vert profond. De violentes bourrasques semblaient annoncer l'arrivée prochaine d'une tempête. De temps à autre, le triscaphe était secoué par une rafale plus puissante que les autres.

— Au fait, commandant, dit Uwanok dans la pénombre de la cabine. Vous savez que les manteaux des

Tamrats sont vivants ?

— Ah oui ? Expliquez-moi ce que vous savez à leur sujet.

L'Eskimo raconta leur capture, leur rencontre avec les quatre Tamrats de M'adun, l'aide que Log leur avait apportée et ce qui s'était passé quand il avait tenté de coudre les manteaux pour les raccourcir.

L'Eskimo laissa passer quelques secondes, la voix suspendue, comme s'il avait oublié de raconter quelque chose.

— Tarak ! s'exclama-t-il soudain. C'est le nom que les Lémurs nous ont donné !

— Le nom de quoi ? demanda Rhodan.

— De la planète d'où proviennent les manteaux. Si je me souviens bien, Log a dit qu'ils représentaient la partie visible d'un vaste secret. Je ne sais pas à quoi il faisait allusion.

— Mais la lune de Washun n'est pas une planète, objecta Arban.

— Elle dispose d'une atmosphère respirable et elle est assez vaste pour être qualifiée de planète, précisa Messier.

— Dites-moi, capitaine, reprit Rhodan. Portiez-vous ces manteaux lorsque vous êtes arrivés sur Washun ?

— Certainement, commandant.

— Et vous n'aviez pas enclenché vos écrans protecteurs immédiatement ?

— Non.

— Où sont-ils, maintenant.

— Nous les avons toujours. Ils sont dans la chambre

que les Ingénieurs de la station nous ont donnée. Malok les a sûrement pris avec nos affaires pour les mettre dans les corvettes.

Curieusement, le Stellarque ne posa plus de questions, comme si la réponse d'Uwanok l'avait satisfait.

Ils découvrirent le deuxième transmetteur dix minutes plus tard. Le capitaine le reconnut d'abord sur le détecteur de masse. Cette fois, le bâtiment était en pleine jungle. Pierre Messier orienta le détecteur à micro-ondes sur la zone localisée et l'appareil put fournir instantanément un plan précis du bâtiment et de son contenu. Cette fois, il n'y avait plus de doute.

Le pilote obliqua vers le point qu'ils avaient localisé. Le bâtiment était à quatre-vingts kilomètres au sud-ouest de celui qui avait été détruit.

— Le transmetteur est gardé par deux Maahks, avertit L'Émir. Pour eux, le bâtiment est un temple d'un dieu qu'ils appellent « L'Insatiable ». Dommage que Kasom ne soit pas là. Avec sa faim perpétuelle, les Maahks lui rendraient sûrement aussi un culte ! Ils pensent aussi à leurs congénères, qui sont partis chercher des victimes dans un village voisin. Pour eux, c'est le temps de « l'horizon embrasé », et ils doivent offrir des sacrifices à leurs dieux.

— Bizarre, je me demande ce que les Taraks peuvent faire avec de la chair de Méthanien ? murmura Arban. Pour eux, ça doit être hautement toxique, non ?

— Vous autres humains, vous ne pensez qu'à manger ! plaisanta L'Émir. Si tu permets, Perry, j'irais bien jeter un coup d'œil sur le transmetteur pour voir s'il est en état de marche.

— D'accord, mais sois prudent.

— Pas de danger ! repartit le mutant. J'ai l'habitude des barbares. D'ailleurs, je vis déjà au milieu d'....

Il disparut avant que Rhodan ait pu finir son geste.

— Le bâtiment est juste au-dessous de nous, mille mètres plus bas, commandant, annonça le pilote. Faut-il que je descende.

— Pas encore, attendons d'abord que L'Émir revienne.

Cinq minutes plus tard, L'Émir n'était toujours pas de retour et il ne les avait pas contactés non plus par radio. Soucieux, Rhodan se força à attendre encore trois minutes, au bout desquelles il fit descendre le triscaphe.

Les corps des deux Maahks, estourbis par l'onde de choc du radiant de L'Émir, étaient allongés près de l'entrée du bâtiment.

La salle était vide.

Un seul indice attira l'attention du Stellarque. Le générateur placé dans le socle du transmetteur ronronnait encore, comme si la machine avait fonctionné quelques minutes plus tôt.

CHAPITRE V

Il savait qu'il avançait, bien que son cerveau n'ait donné aucun ordre dans ce sens.

Il pouvait aussi voir ce qui l'entourait, mais ce n'étaient pas ses yeux qui lui transmettaient les images. Elles naissaient directement dans son cerveau.

L'Émir n'était pas très rassuré. Incapable de réagir, il se sentait prisonnier d'une étrange « seconde peau ». Il ne savait pas de quoi elle était faite, mais elle remplaçait pour l'instant tous ses sens moteurs et sensitifs, comme si elle avait un accès direct à son cerveau. La seule chose que L'Émir avait pu sauver pour conserver une forme de libre-arbritre, c'était ses pensées.

Il avait fallu au mutant un bon bout de temps pour surmonter le choc. Ce genre de choses n'avait rien d'habituel. Il se cramponnait à sa propre conscience comme à une bouée de sauvetage. Progressivement, grâce à son entraînement spécial au sein de la Milice, il parvint à retrouver tout son sang froid et décida de visualiser précisément les derniers événements.

Il s'était directement téléporté de la cabine du triscaphe à l'intérieur de la salle du transmetteur. Il faisait sombre, et il perçut rapidement des pensées étrangères, différentes de celles des Maahks. Il ne s'inquiéta pas. Les influx étaient si faibles qu'ils devaient venir de très loin.

Il reconnut trop tard qu'il s'était trompé. Paralysé par la surprise, il n'avait pas pu utiliser immédiatement ses facultés paranormales. Quand il l'aurait pu, quelques secondes plus tard, la chose dont on l'avait enveloppé avait déjà pris le contrôle de son corps. Toutes ses facultés, télékinésie, téléportation et même la télépathie semblaient l'avoir abandonné. L'Émir se sentait nu et misérable comme un ver.

Sans transition ou presque, il ressentit la douleur d'une dématérialisation, semblable à celle des anciens navires à saut hyperspatial de l'Empire.

Et maintenant, il était promené comme une marionnette au milieu de ces humanoïdes ! L'interface neurale qui s'était greffée sur son corps lui transmettait des bruits, des images et des odeurs. Il « voyait » le chemin pavé de pierres sur lequel il avançait, les monuments, semblables à des fontaines de l'Antiquité terrestre, construits de part et d'autre, la foule dense des êtres qui se pressaient de chaque côté du chemin et qui se penchaient pour l'observer…

Ils avaient deux jambes, mais chacune disposait d'une double articulation. Ils étaient si grands que le mulot n'arrivait qu'au niveau de la première articulation des adultes. Le torse, conique, mesurait deux mètres de haut. Au centre, un bourrelet portait des yeux minuscules qui semblaient faire le tour du corps. Les quatre bras grêles, implantés presque au sommet du torse, battaient de chaque côté, comme s'ils ne servaient à rien. Normalement, à moins d'être en acier, les jambes, très fines, n'auraient pas dû pouvoir porter le corps, mais L'Émir comprit, sans trop savoir comment, que la gravité ambiante ne devait pas dépasser 0,5 G.

Il avait perdu la notion du temps. Au bout d'un moment, il s'approcha d'un bâtiment beaucoup plus haut que les « fontaines » qu'il avait vues depuis le départ. En arrivant devant, il s'aperçut que toutes les avenues de la ville rayonnaient vers le bâtiment.

Une porte s'ouvrit sur la façade, haute d'environ trente mètres et large de cent. Deux silhouettes s'avancèrent. Le mutant crut avoir affaire à des Lémurs. Leurs Tamrats portaient également ce genre de manteaux colorés dont les rayures et les carreaux rappelaient ceux des clans d'Écosse. En s'approchant, il s'aperçut qu'il s'agissait en fait d'indigènes comme ceux qu'il avait vus en route. À ce moment, il prit conscience qu'il se trouvait sur Tarak, la lune de Washun. Sa « troisième peau » le força à entrer dans le bâtiment. La lourde porte se referma. La foule était restée dehors. Seules les deux silhouettes en manteau l'escortaient.

La « peau » étrangère le quitta si soudainement qu'il fut pris au dépourvu. Une luminosité intense l'éblouit. Il rouvrit les yeux au bout de quelques secondes. La lumière provenait des centaines de manteaux qui recouvraient les murs. Il baissa la tête et vit qu'il portait toujours son spatiandre. Ce qui l'avait enveloppé était maintenant allongé à ses pieds. Un manteau, bien sûr, qui brillait de toutes les couleurs de l'arc-en-ciel.

Reprenant peu à peu confiance, L'Émir laissa libre cours à son tempérament naturel. Son incisive se découvrit et les deux indigènes qui se tenaient derrière lui commencèrent à monter lentement vers le plafond de la haute salle. S'enhardissant, le mulot voulut mettre un autre de ses dons à l'épreuve. Il tendit ses antennes télépathiques pour lire les pensées des étrangers.

Il y arriva sans difficulté, mais ce qu'il découvrit lui fit ouvrir la bouche de stupéfaction. Au lieu d'être effrayés, les deux indigènes paraissaient ravis et joyeux de ce qui leur arrivait !

La deuxième surprise survint simultanément. Les étrangers étaient eux aussi télépathes !

Troisième étape. Le mulot se téléporta en l'air à côté des deux humanoïdes. Il leur saisit la main sans qu'ils réagissent et se rematérialisa avec eux sur le sol.

Il attendit. La joie que les deux acolytes avaient ressentie au début s'était transformée en un bonheur proche d'une transe !

— Ça vous épate, pas vrai ! dit le mutant à haute voix.

La réponse lui parvint par télépathie.

— *Nous avons enfin trouvé le Guide Suprême. Tout Tarak va te rendre grâce, même si tu es physiquement minuscule !*

Mi-vexé mi-flatté, L'Émir inspira pour se gonfler le torse. Il était si surpris qu'il se serait presque révéré lui-même.

Son accès d'orgueil ne dura pas longtemps. Le bon sens lui rappelait qu'il avait plus urgent à faire que de jouer les idoles.

— Je vous trouve très sympathiques, dit-il, mais j'ai bien peur d'être trop pris en ce moment pour me consacrer à vous.

— *Tu ne nous décevras pas,* affirma la voix dans son esprit. *Nous te le disons. Ce qui pour toi ne dure qu'un battement de cils est une éternité pour nous.*

— Ça alors ! ne put s'empêcher de s'exclamer le mutant.

Ils le considéraient vraiment comme un dieu qui avait toute l'éternité devant lui. Il trouvait ce peuple étrange très sympathique et il en aurait volontiers appris un peu plus long à son sujet, mais Rhodan l'attendait sur Washun.

— Bon, ne m'en veuillez pas, mais il va falloir que j'y aille. Salut les gars !

L'air brasilla au moment où le mutant se téléporta. Il disparut une fraction de seconde mais se rematérialisa aussitôt après en poussant un grand cri. Il n'avait levé son barrage mental qu'un bref instant, mais cela avait suffi aux gardiens du temple pour agir.

Il retomba, inconscient, entre les deux Taraks, qui l'avaient observé sans bouger.

Un peu plus tard, les servants du temple reprirent le chemin qui menait au sommet de la montagne de la Révélation…

*
**

— Il va sûrement revenir d'une minute à l'autre, dit Arban.

— Je ne pense pas, affirma Rhodan. Il ne serait jamais passé de son plein gré dans le transmetteur, ce qui veut dire qu'il a été enlevé. Et le fait que L'Émir puisse être enlevé ne laisse pas de m'inquiéter sur les pouvoirs de ses ravisseurs. Ils devaient au moins disposer d'un écran psychique parfait pour pouvoir le surprendre sans qu'il se méfie.

— Nous pourrions le suivre par le transmetteur, proposa Uwanok.

— Je ne force personne à me suivre, dit le Stellarque. Pensez que le transmetteur est peut-être réglé sur une toute autre destination que Tarak…

Tous ses compagnons levèrent la main.

— Puisque c'est comme ça, allons-y ! décida Rhodan en gravissant les deux marches qui permettaient d'accéder à la cage.

Perry Rhodan poussa le contact du boîtier de commande. La porte coulissa et se referma avec un bruit sec. Le ronronnement du socle monta très rapidement dans l'aigu. La cage se nimba d'une lueur mordorée dont l'intensité augmenta rapidement.

Après un dernier éclair, l'obscurité revint dans le bâtiment. La cage de métal était vide.

*
**

Ils passèrent sans transition de la nuit de Washun au plein soleil de Tarak. L'air surchauffé faisait danser l'horizon. Le plateau était désert.

— C'est bien là que nous nous sommes rematérialisés la première fois, dit le lieutenant Messier. Il y a un chemin qui longe la falaise en contrebas.

Le soleil était au zénith, mais on distinguait nettement Washun à l'horizon. La planète se levait.

— Comment savoir si L'Émir s'est bien rematérialisé ici ? s'interrogea Uwanok. Il est possible qu'on l'ait emmené.

— Compte tenu des conditions de sa disparition, c'est même certain, affirma le Stellarque.

Messier, qui s'était penché par-dessus le rebord de la falaise, s'exclama :

— Les voilà ! Les indigènes remontent.

— Comme s'ils nous attendaient, dit Arban.

— Ou plutôt comme s'ils avaient été avertis de notre arrivée, corrigea Rhodan. Nous n'avons pas le choix, il faut aller à leur rencontre.

Portés par leurs antigravs, les quatre Terriens se laissèrent rapidement descendre le long de la falaise.

Les deux groupes se rencontrèrent au pied de la montagne de la Révélation. Ni les Terriens ni les Taraks ne parurent surpris de leur apparence réciproque. Perry Rhodan sentit tout de suite qu'une puissance mentale cherchait à s'insinuer dans son esprit. L'entraînement spécial qu'il avait reçu autrefois, peu après avoir découvert les naufragés arkonides sur la Lune, prouva de nouveau son utilité. Le barrage mental qu'il éleva soutint sans difficulté la pression des Taraks. Comme ses compagnons continuaient à se comporter normalement, il en déduisit que les indigènes cherchaient seulement à établir un contact télépathique.

Si les Taraks qui se trouvaient devant eux n'éveillaient pas sa méfiance, il n'en allait pas de même des quatre autres qui s'approchaient rapidement d'eux et qui portaient des manteaux de Tamrats lémuriens…

Le Stellarque, habitué depuis quatre siècles à se méfier de tout ce qu'il ne connaissait pas, sortit son radiant et fit feu. Le jet d'énergie laboura le sol cinq mètres devant les créatures aranéiformes. Les Taraks s'immobilisèrent et commencèrent à agiter leurs longs bras. Un battement irrégulier se fit entendre et tous les autres se jetèrent sur le sol. Les quatre créatures agitaient les manteaux vivants comme des muletas de toreros.

Perry Rhodan régla son radiant en position choc et visa le Tarak qui se trouvait le plus près. La créature s'effondra avec un bruit de brindille qui casse. En deux bonds, Rhodan se précipita sur lui, arracha le manteau et le lança vers la foule. Comme il s'y attendait, ce fut la débandade. À grands bonds, les Taraks cherchaient à se frayer un passage pour redescendre vers la ville. Sans de hâter, les trois porteurs de manteaux ramassèrent leur compagnon et son manteau et rebroussèrent chemin à leur tour.

— Nous avons dû les vexer, dit Arban.

— C'est exactement ce que je voulais, répondit Rhodan avec un sourire. Leurs rites religieux me semblent pour le moins suspects. N'oubliez pas qu'ils ont probablement enlevé L'Émir.

Ils réactivèrent leurs antigravs et dépassèrent rapidement le cortège de Taraks. Cinq minutes plus tard, ils arrivèrent devant la ville.

Une masse impressionnante de Taraks s'était rassemblée, apparemment pour leur en interdire l'accès. La foule était totalement silencieuse. Les quatre hommes les observaient, radiants dégainés, faisant face à la multitude.

Au bout d'une minute, les rangs des Taraks frémirent. Ils s'écartaient pour laisser passer quelqu'un. Un Tarak qui portait un manteau vivant s'avança vers eux et s'arrêta à mi-chemin.

— Vous êtes accusé d'offense contre Krish'un ! clama-t-il dans un intergalacte parfait.

*
**

Perry Rhodan réagit instantanément. Le fait que le Tarak parle leur langue ne pouvait signifier qu'une chose.

Il fit trois pas vers le prêtre et laissa ostensiblement son bras retomber avec son radiant le long de son corps.

— Ce n'est pas nous qui sommes accusés ! répliqua-t-il d'une voix forte. Mais vous ! Celui de qui vous avez appris notre langue a été enlevé. Nous exigeons qu'il nous soit rendu sur-le-champ !

Le Tarak plia les genoux. Ses doigts griffus fouillèrent le sable autour de lui, puis il se releva en répandant de la poussière sur le sommet de son torse.

— Le Guide Suprême nous appartient ! Il possède les trois pouvoirs de l'Univers et il a été choisi pour conduire le peuple de Tarak vers son destin. Qui êtes vous pour contrarier la volonté des dieux, vous qui blasphémez et offensez Krish'un. Vous avez profané un manteau de sagesse ! Vous devrez faire une longue pénitence avant d'avoir expié !

— Si je m'écoutais, je lui balancerais une onde de choc sans plus attendre, grommela Arban à mi-voix.

— Vous n'obtiendriez rien de cette façon, intervint Rhodan. Ils n'ont pas peur de nos armes. Je vais d'abord essayer une autre tactique.

Le Stellarque leva le bras.

— Seule notre méfiance nous a conduits à offenser Krish'un, affirma-t-il. Mais notre pouvoir est immense. Que devons-nous faire pour apaiser la colère du dieu ?

Il entendit un rire étouffé derrière lui.

— Du calme ! souffla-t-il dans le micro de son casque.

Le prêtre réfléchit pendant une longue minute, puis il déclara :

— Nous sommes prêts à tester votre pouvoir. Dès que l'œil de la sagesse aura disparu derrière les montagnes, la Révélation aura lieu dans la Maison Haute. Voulez-vous vous soumettre à l'épreuve ?

— Nous sommes prêts, répondit simplement le Terrien.

— Alors, vous êtes tabous jusqu'à la fin de l'épreuve.

La foule des Taraks s'écarta pour les laisser entrer dans la ville.

Sans se retourner, Perry Rhodan avança entre les créatures qui le dépassaient d'un bon mètre. Ses trois compagnons lui emboîtèrent le pas. Il découvrirent, étonnés, les bâtiments en forme de fontaines qui bordaient les rues et finirent par arriver sur la place centrale. Le Stellarque s'assit sur un banc de pierre et fit signe à ses compagnons de s'approcher.

— Vous allez couper vos haut-parleurs extérieurs. Vous avez certainement tous subi un entraînement de base pour bloquer une tentative d'invasion psychique… Bien alors, établissez un barrage mental et veillez à le maintenir en permanence. Je suis sûr qu'ils n'ont rien fait à L'Émir. Il est sûrement dans la « Maison Haute », qui est probablement le bâtiment qui se trouve sur la place, juste à côté de nous.

— Qu'est-ce que c'est que cette épreuve ? demanda Messier.

— À mon avis, dit Uwanok, il s'agit d'un duel physique ou mental. C'est une sorte de « jugement de Dieu ». L'issue du combat indique la volonté du dieu.

— Je me vois mal me battre avec l'un de ces monstres, dit Arban en frissonnant.

— Pourquoi pas ? s'étonna Rhodan. Ils sont nettement plus grands que nous, mais la gravité à laquelle leur espèce est habituée implique qu'ils n'ont pas beaucoup de force physique. Sur ce plan, nous avons certainement l'avantage.

— C'est juste, approuva Messier. J'ai passé toute mon enfance sur Mars. Si nos maisons n'avaient pas eu de gravité artificielle, je serais aujourd'hui incapable de gagner un bras de fer contre un enfant !

— C'est ça, dit le Stellarque. De plus, je peux me déplacer avec la même aisance sous 0,5 G que sous une pesanteur normale.

— Vous… ? s'exclama Arban.

— Eh bien oui, vous ne pensiez pas que j'allais désigner d'office l'un de vous comme champion ?

— Laissez-moi y aller à votre place, commandant, insista Uwanok. J'ai déjà combattu des ours polaires.

— Cela vous étonnera peut-être, capitaine, mais moi aussi, dit Rhodan en souriant.

*
**

La porte de la Maison Haute ne s'ouvrit qu'un instant, le temps de les laisser passer.

Perry Rhodan plissa les yeux pour essayer de distinguer son adversaire dans l'intense lumière qui régnait à l'intérieur. Il s'était préparé à bien des choses, mais pas à ce qu'il vit.

— Sheldon ! s'exclama-t-il.

— Commandant ? répondit le colonel, tout aussi surpris.

Le Terrien se tenait sur une surface circulaire située juste au centre de l'immense salle. Il ne portait qu'un caleçon et ses chaussettes.

Le seul Tarak présent, reconnaissable à son manteau, était celui avec lequel le Stellarque avait discuté deux heures plus tôt. En regardant bien, Rhodan s'aperçut qu'il y avait une troisième silhouette, plus petite, au pied du mur du fond. Elle était enveloppée dans une matière brillante et irisée semblable à celle qui recouvrait les murs.

— L'Émir ! appela-t-il.

— Silence ! intervint le prêtre. Le Guide Suprême

est tabou pour vous. Lequel d'entre vous a décidé de subir l'épreuve ?

Le Stellarque fit un pas en avant.

— Ton adversaire est là, dit-il en montrant Sheldon. Il a lui-même offensé Krish'un et se consacre depuis au service du temple.

— Que devons-nous faire ?

Le prêtre s'avança vers le centre de la salle. Krish'un n'obéit qu'à nous, les Taraks. J'ai ordonné au mien d'obéir à l'un de vous deux. Il choisira celui qui a la plus forte volonté. Le vainqueur ordonnera au Krish'un d'envelopper son adversaire et de le dissoudre.

Le Tarak lança son manteau sur le sol. Sans un mot, le Stellarque enleva son spatiandre et s'approcha du cercle. Le Tarak exigeait de lui quelque chose d'impossible. Il ne pouvait pas tuer délibérément l'un de ses officiers. Pourtant, le visage de Sheldon montrait qu'il avait déjà fait son choix. Le colonel allait se sacrifier pour le sauver, lui.

Il devait y avoir une autre solution...

Le Stellarque réfléchit fiévreusement. Le manteau vivant, que les Taraks appelaient Krish'un, devait être faiblement télépathe. S'il pouvait lui imposer sa volonté.

Un silence de sépulcre régnait sous les voûtes de la salle. Rhodan se concentra sur le manteau. Au bout d'un moment, il frémit et commença à se déplacer lentement vers le Tarak. Celui-ci éclata.

— Allons, étranger, tu n'arriveras à rien ! Si tu étais capable de retourner un Krish'un contre un Tarak, tu serais le maître de ce monde. Ceci n'est pas l'épreuve qui t'est imposée. Aucun étranger ne pourrait la remporter.

Le manteau revint à l'intérieur du cercle.

— Allez-y, commandant, dit Sheldon en anglais. Envoyez-le sur moi. Un soldat sait quand son heure est venue.

— Erreur, colonel, répliqua Rhodan. Je suis un soldat au même titre que vous. Je refuse votre proposition.

La température était étouffante. Les murs du bâtiment avaient accumulé de la chaleur durant toute la journée.

— Il faut qu'une décision soit prise avant le lever de l'œil de la sagesse ! cria le Tarak. Sinon, vous serez tous la proie de Krish'un ! avertit-il en montrant le plafond du doigt.

Rhodan leva la tête. Le plafond comme les murs étaient uniformément recouverts de manteaux vivants. Il crut soudain savoir pourquoi L'Émir était incapable d'utiliser ses facultés paranormales dans la salle.

Il se concentra de nouveau sur le manteau, bandant toute son énergie pour le soumettre à sa volonté. Au bout de quelques secondes, il sut qu'il n'y arriverait jamais.

À cet instant, le manteau s'éleva et commença à flotter à quinze mètres au-dessus du sol. Pendant ce temps, il s'étirait en se déplaçant sur le côté. Tout à coup, il se laissa tomber… sur le Tarak et l'enveloppa complètement !

Incrédules, les Terriens contemplaient la scène,

bouche bée. Perry Rhodan surmonta très vite sa surprise et courut vers l'endroit où il avait aperçu L'Émir. Il n'avait pas fait trois pas que l'air miroita devant lui.

— Permettez-moi de me présenter. Je suis le Guide Suprême, Seigneur et Maître de Tarak ! déclama L'Émir, dont l'incisive brillait de tous ses feux.

*
**

— Comment as-tu réussi ? le pressa Rhodan.

— C'était l'enfer, chef. Le manteau qui m'enveloppait me pompait littéralement toute mes forces. Une vraie sangsue neurale ! Ils ne m'ont libéré que deux fois, pour que je leur montre ce que je sais faire. Mais, dans la salle, avec tous les manteaux, mes pouvoirs étaient limités. J'ai assisté à votre arrivée et au début de l'épreuve. C'est ton idée de vouloir retourner le manteau contre son maître qui m'a mis la puce à l'oreille. Je n'avais jamais essayé d'entrer en contact avec le manteau qui me retenait prisonnier. Il m'a suffi d'essayer et d'insister un peu pour le convaincre de me libérer. Le reste, avec le manteau du prêtre, a été un jeu d'enfant.

— Bravo, le félicita le Stellarque. Tu m'as tiré une sacrée épine du pied.

— Bof, fit le mulot, modeste. Si j'étais aussi doué que ça, je ne me serais pas bêtement laissé surprendre sur Washun…

— Puisque tout est réglé, direction Washun. On doit commencer à nous attendre, là-bas.

— Attends, j'aimerais bien emporter un souvenir, le

retint L'Émir.

— Quoi donc ?

— Une centaine de manteaux vivants !

— Mais pour quoi faire ? Ils ne nous serviront à rien, objecta Rhodan.

— Laisse-moi faire, j'ai mon idée là-dessus, répondit le mulot d'un air mystérieux…

CHAPITRE VI

L'Émir avait tellement insisté que chacun avait été obligé de se charger d'une vingtaine de manteaux. Pendant le vol de retour au transmetteur, ralenti par les « souvenirs » du mulot, le colonel Sheldon eut le temps de donner quelques explications supplémentaires au Stellarque.

— Je ne sais pas à quoi ressemble physiquement l'entité sans nom, maintenant. Elle nous a simplement dit qu'elle espérait nous revoir dans le futur.

Ce qui était arrivé à Log et à l'œil du temps, le projet Luna-Club des savants lémuriens, tout cela laissait Rhodan songeur. Il ne doutait pas que l'entité sans nom, comme l'Immortel autrefois, puisse voyager dans le temps. Malheureusement, il en allait tout autrement pour eux.

La voix du lieutenant Cubri le tira de ses pensées.

— En somme, nous avons eu de la chance. Les Taraks sont finalement assez pacifiques. Il suffit de connaître leur mentalité.

— C'est comme pour les manteaux, dit L'Émir. Ils m'obéissent au doigt et à l'œil. Ils ne sont dangereux que pour leurs ennemis ou ceux qu'on leur désigne comme tels ! ajouta-t-il avec un petit rire.

— Je commence à me douter de ce que tu veux en faire, Petit ! glissa Rhodan.

— Eh bien tant mieux ! pépia le mulot. Moi, je ne dirai rien !

Ils venaient de se poser sur le plateau, avec leurs encombrants bagages, quand un grondement dans le ciel leur fit lever la tête.

Un voyant s'alluma sur le minicom du Stellarque. Il enfonça la touche de réception.

— Ici Rhodan.

— Ah, commandant ! s'exclama Redhorse. Nous commencions à nous faire du souci.

— Tout va bien. Posez-vous à côté du bâtiment. Nous allons embarquer tout de suite. Où en est la situation sur l'île spatiale ?

— Hélas, ce n'est pas brillant. Nous avons réussi à repousser les Halutiens à l'intérieur du chantier, mais la progression est très difficile. Nous avons des pertes importantes.

Le Stellarque vérifia l'heure. Le *Krest III* était arrivé dans le système de Washun depuis dix-huit heures. Un intrus pouvait arriver à tout moment.

— La station de Washun a été évacuée ?

— Pas tout à fait, commandant. J'ai été obligé d'évacuer la *KC-88* pour venir vous chercher. Les autres Ingénieurs survivants ont été transportés sur le *Krest III*. La plupart sont d'ailleurs déjà repartis sur

MA-Génial pour se battre contre les Halutiens.

La suite de la conversation entre les deux hommes se déroula de vive voix dans le poste de commandement de la corvette.

— Nous retournons sur Washun pour prendre les Ingénieurs et les ramener sur le *Krest III*. Ensuite, direction l'île spatiale. L'Émir a un plan pour venir à bout des Halutiens irréductibles. Pas vrai, Petit ?

— Ce n'est pas fair-play, ce que tu fais ! gémit le mulot. Tu vas gâcher la surprise.

— Mais je n'ai rien dit ! protesta le Stellarque en riant.

Don Redhorse se retourna vers les commandes de la corvette. Le Cheyenne n'avait pas l'habitude de poser des questions au sujet des affaires qui ne le concernaient pas directement. Il se demandait pourtant ce que le mutant préparait. Était-ce en rapport avec les « manteaux de Tamrats » qu'il avait rapportés de l'expédition sur Tarak ?

Ils arrivèrent juste à temps sur Washun. Quoique disposant en abondance de recharges pour leurs armes, les derniers Ingénieurs intergalactiques, dont Malok, étaient sérieusement menacés par les Maahks et leurs créatures.

L'évacuation fut réglée en dix minutes.

Pendant le retour de la *KC-88* vers le *Krest III*, Rhodan appela Atlan pour s'informer de la situation. Il lui annonça qu'il ne tarderait pas à le rejoindre avec L'Émir et… une surprise !

*
**

La corvette ne resta qu'un peu plus de dix minutes dans la soute de l'ultracroiseur, juste le temps d'amener les Ingénieurs à bon port. Le Stellarque accepta la demande de Malok de revenir immédiatement avec eux sur son île.

En apparence, tout était calme sur MA-Génial. Plus aucune explosion ne retentissait sur l'astroport ou à l'intérieur des bâtiments de surface. La véritable bataille faisait rage à l'intérieur, dans les dizaines de kilomètres de couloirs et les milliers de salles du chantier spatial, un véritable labyrinthe que les Halutiens savaient admirablement mettre à profit pour tendre des pièges à leurs poursuivants.

De temps à autre, l'un des puits d'aération situés sous la coque de l'île laissait échapper une vague de feu. Dans certains secteurs, les incendies dévoraient tout. Les Ingénieurs, qui devaient combattre et simultanément lutter contre les ravages du feu, auraient été anéantis depuis longtemps sans l'aide des Terriens. Leurs pertes avaient été terribles. Sur les quatre mille cinq cents Ingénieurs, hommes, femmes et enfants qui se trouvaient sur MA-Génial au début de l'attaque des commandos d'extermination, seuls trois cents avaient survécu.

Tous luttaient pied à pied pour sauver leur île.

En apprenant ces chiffres, Perry Rhodan avait blêmi. À eux seuls, ils montraient l'extraordinaire travail accompli par les troupes solaires et les mutants.

Juste avant d'arriver, le Stellarque reprit contact avec Atlan.

— Essaie de faire passer le message : que tous nos

hommes et les Ingénieurs essaient de se retrancher dans des positions sûres. Ils faut absolument qu'ils maintiennent les Halutiens là où ils sont et qu'ils essaient d'empêcher une percée.

— Je vais essayer, promit l'Arkonide, mais cela ne va pas être facile de les obliger à se mettre sur la défensive. Qu'est-ce que nous allons faire pour déloger ces monstres ?

— Tu verras…

Le Stellarque coupa la liaison et se tourna vers le mulot.

— Tu es certain que les krish'uns ne s'attaqueront pas aux nôtres ?

— Je te garantis qu'ils ne s'en prendront qu'aux Halutiens, assura L'Émir.

— Parfait, dis-leur qu'ils utilisent de préférence les circuits d'aération pour éviter nos hommes. On ne sait jamais. Quelques-uns pourraient les prendre pour cible par erreur.

— Ne t'inquiète pas pour ça. Les krish'uns ne craignent ni les radiants ni les désintégrateurs. Tu as déjà remarqué qu'ils survivaient aussi bien dans une atmosphère méthanienne que dans l'air, non ? Ce sont de vrais petits bijoux, je te dis !

Loin de rassurer Rhodan, les paroles du mutant l'inquiétèrent plutôt. De quels autres pouvoirs les mystérieux manteaux vivants disposaient-ils encore ?

— Je te fais confiance, mais j'espère que tu sais ce que tu fais…

*
**

Plus ils s'enfonçaient dans l'île, plus le fracas des combats devenait épouvantable. Les ondes radio étaient saturées par les appels. Les officiers donnaient des ordres, les blessés appelaient à l'aide, des groupes de soldats pris au piège cherchaient à guider les troupes qui venaient en renfort.

Le groupe du Stellarque comprenait l'ancien commando Lémur et le lieutenant Cubri. L'Émir, qui avait laissé les krish'uns à bord de la corvette, s'était téléporté.

Au détour d'un couloir, ils aperçurent leur premier Halutien. Le monstre les chargea aussitôt, tirant en continu. Les cinq hommes se jetèrent à terre en faisant converger leurs tirs vers le Halutien. Il s'effondra au bout d'une dizaine de secondes. Son radiant, qui continuait à fonctionner, fit fondre le plancher, à travers lequel le géant s'enfonça.

Dix minutes plus tard, Rhodan et le groupe d'une vingtaine d'hommes auquel il s'était joint venaient de réussir à délivrer trois soldats prisonniers d'un atelier, quand ils entendirent un hurlement démoniaque.

Un Halutien sortit de derrière la machine où il s'abritait. Le géant gesticulait comme un démon, heurtant les poutrelles de terkonite qui soutenaient le plafond.

Pris d'une intuition, Rhodan s'exclama :

— Cessez le feu !

Les officiers du groupe se tournèrent vers lui, se demandant s'il n'était pas subitement devenu fou.

Quelques instants plus tard, le Halutien s'était tu. Rhodan, Sheldon, Uwanok et les deux lieutenants, qui se doutaient de ce qui s'était passé, avancèrent sans crainte à travers la halle.

Le géant était allongé par terre, inerte. Autour de lui, tel un linceul de nacre, un krish'un brillait de tous ses feux.

L'Émir avait bien travaillé. En l'espace de dix minutes, les combats cessèrent complètement. Une centaine de « manteaux vivants » avaient sauvé la situation et épargné des dizaines de vie.

— L'Émir a bien mérité une médaille ! dit le lieutenant Messier.

— Pourquoi pas, après tout ? claironna le mulot en se matérialisant. Que dirais-tu, Perry, de l'ordre du Grand Soleil impérial ?

— Nous verrons... répondit le Stellarque évasivement. Que s'est-il passé ? Les krish'uns n'ont rien fait pendant une demi-heure et puis, tout à coup, plus de Halutiens.

— Ils sont plus intelligents que nous pensions. Ils ont d'abord identifié leurs proies et ils se sont tenus tranquilles jusqu'à ce qu'ils puissent tous les réduire à l'impuissance simultanément. Du beau travail...

Perry Rhodan parut soudain soucieux, comme s'il avait oublié quelque chose d'important.

— Tolot ! s'écria-t-il soudain. Les krish'uns s'en sont sûrement occupés aussi !

— Rassure-toi, j'y ai pensé aussi, expliqua L'Émir. Un peu tard, c'est vrai, mais je suis arrivé au moment où l'un de mes petits amis refermait ses derniers plis sur lui. Il a suffi que je le lui demande gentiment, et Tolot en est ressorti un peu choqué mais intact !

— Tu mens, riposta sèchement Rhodan.

— Comment ça ? pépia le mulot.

— J'ai vu un Halutien mourir dans un krish'un. Cela a pris en tout et pour tout trois secondes. Si Tolot avait été…

— Bon, d'accord ! grommela L'Émir. Si on ne peut plus rire… J'avoue que j'avais confié une mission spéciale au krish'un qui s'est « occupé » de lui.

CHAPITRE VII

Les deux propriétaires d'îles spatiales qui se trouvaient désormais à bord du *Krest III* s'étaient mis sur leur trente-et-un. Leurs bottes luisaient, leurs manteaux étaient d'une blancheur absolument irréprochable et leur barbe nouée avec une régularité absolument maniaque.

En compagnie de Kalak, Perry Rhodan attendait dans le central l'arrivée d'Atlan et de Malok. Sachant à quel point Kalak avait craint d'être le dernier rescapé de son peuple, le Stellarque s'attendait à le voir se réjouir de nouveaux Ingénieurs et faire fête à Malok.

À sa grande surprise, la rencontre prit une tournure à laquelle il ne s'était pas du tout attendu.

Raide comme un piquet, Malok fit son entrée au côté d'Atlan et se dirigea vers le Stellarque, qu'il salua aimablement, puis il se tourna vers Kalak.

Les deux Ingénieurs se défièrent du regard pendant quelques instants, puis Kalak explosa :

— Ce n'est pas la peine de me regarder d'aussi haut, espèce de petit mécanicien de bazar ! Avec votre atelier qui peut à peine voler, vous feriez pitié à un Ingénieur de troisième classe. Je suis sûr que vous ne réussiriez même pas à déboucher une tuyère encrassée ! Vous devriez voir KA-Supertarif ! Une vraie merveille ! Pas un gramme de poussière, des ateliers qui ronronnent à la perfection, un travail rapide et soigné. C'est le plus beau chantier spatial de l'Univers, l'orgueil de toute une galaxie, un miracle d'efficacité et de précision…

Malok, les yeux exorbités, l'interrompit en criant :

— Et si jamais vous vous avisez de poser votre vieille toupie rouillée dans un coin de mon astroport, vieux débris, soyez très prudent. On ne sait jamais, mes robots-nettoyeurs pourraient la renvoyer dans l'espace avec le reste des poussières qui salissent mon chantier. MA-Génial ! clama-t-il en se frappant la poitrine. Un nom qui est tout un programme. Chez nous, qualité rime avec génie et productivité. Dans toute la Nébuleuse, on cherche encore un chantier qui rivalise avec le mien. Ah, j'oubliais ! En plus, nous sommes moins chers que vous ! Et vous osez vous appeler « Supertarif » ! C'est de l'escroquerie pure et simple. Votre tas de ferraille ne mérite même pas le nom de poubelle !

Perry Rhodan et Atlan écoutaient, bouché bée, l'altercation. Dans le central, tout travail avait cessé. L'Arkonide, qui ne s'était pas non plus attendu à un tel morceau d'anthologie, à un affrontement verbal aussi homérique, se demandait ce que cela signifiait. Il se dit que le comportement surprenant des deux Ingénieurs répondait peut-être à un rituel particulier, et il leva la main pour faire signe à Rhodan de ne pas intervenir.

— … ce qu'il y a de génial dans votre fourbi, poursuivait Kalak. KA-Supertarif peut accueillir cent mille géants de l'espace en même temps et les réviser totalement en une journée ! Pour mon chantier, il n'y a rien d'impossible !

— Peuh ! cracha Malok. Quand je vois votre ridicule bedaine, vos bottes crasseuses, votre tunique mitée et votre barbe couverte de débris de nourriture…

— Vos yeux sont des lentilles glauques ! riposta Kalak.

— Et les vôtres auraient bien besoin d'un échange standard !

— Si vous n'étiez pas si pitoyable…

— Je crois que je vous flanquerais une tripotée mémorable ! clamèrent en chœur les deux Ingénieurs en tombant dans les bras l'un de l'autre.

Ils étaient si émus qu'ils pleuraient tous les deux, s'étreignant et s'embrassant comme des frères qui ne se seraient pas vus depuis une éternité.

— C'est incroyable, dit Kalak en se tournant vers le Stellarque. Une île spatiale complète !

— Et moi qui pensais qu'il n'y avait plus un seul Ingénieur vivant dans toute la Nébuleuse ! dit Malok en essuyant ses larmes.

— Au fait, dit Kalak. Comment se fait-il que votre station ait pu traverser le transmetteur temporel ?

Pourquoi les Téfrodiens vous ont-ils laissé passer au lieu de vous anéantir comme les autres ?

— C'est une histoire compliquée, dit Malok. Le « Mal en soi » a voulu conserver quelques îles pour son propre usage. Nous avons été envoyés vers une planète où nous devions attendre d'autres instructions. Elle ne sont arrivées que bien plus tard, après que MA-Génial ait été happée par une force qui nous a projetés dans le passé.

— Vous vous êtes soumis volontairement au « Mal en soi » ? insista Kalak, méfiant.

— Nous n'avions pas le choix, plaida Malok. Nous aurions été anéantis sur-le-champ.

— Enfin, dit Kalak, rasséréné, je suis heureux que vous soyez là.

*
**

Le vaisseau amiral de l'Empire solaire et MA-Génial avaient appareillé et naviguaient de concert.

Kalak vint trouver L'Émir au central en lui tendant un paquet.

— Cela t'ennuierait de porter ça à Malok ? C'est un cadeau…

— Bien sûr que non, un saut de puce et j'y suis ! affirma le mulot juste avant de disparaître.

Il se rematérialisa dans le poste de commandement de l'île spatiale, juste sous le nom de Malok. L'Émir adorait surprendre les gens, surtout ceux qui n'étaient pas encore habitués à ses farces.

— Un cadeau de votre cher collègue de KA-Supertarif, annonça le mutant. Par porteur spécial. Ce n'est la peine de laisser un pourboire, salut !

Le mutant se téléporta. Il se rematérialisa dans l'obscurité la plus absolue et se dit qu'il ne s'était pas suffisamment concentré sur le *Krest III*. Soudain, il s'aperçut qu'il ne s'était pas rematérialisé dans l'espace, puisque le casque de son spatiandre ne s'était pas refermé automatiquement. Dérouté, il ferma les yeux pour faire une nouvelle tentative, mais un brouillard couleur émeraude apparut devant ses yeux. La masse, qui paraissait visqueuse, commença soudain à enfler. On aurait dit que des myriades de petites branches argentées poussaient à l'intérieur.

Quelque part dans le cerveau du mulot, un souvenir émergea. Il avait déjà vu quelque chose de semblable.

La voix éclata dans son cerveau :

— *Salut, ami !*

— *Qui es-tu ?* pensa L'Émir.

Un petit rire cristallin retentit, déclenchant le travail mémoriel d'association dans l'esprit du mutant.

— Ce n'est pas possible, je rêve ! s'exclama-t-il.

— *Mais si, je suis le Dull ! Nous nous sommes déjà vus souvent, pas vrai ?*

— *Oui, mais dans un temps complètement différent. Comment as-tu pu me trouver ici, si loin dans le passé ?*

Le rire retentit de nouveau.

— *Parce que je viens de ce passé, j'y suis même né. Tu en as déjà entendu parler. Je dois mon existence à la fusion de deux machines…*

— *L'entité sans nom !*

— *Exactement, ami. Mais j'ai un nom, maintenant.*

J'ai eu cent mille ans pour m'en trouver un. Mainte nant, je suis le Dull. Il va falloir que je te quitte. Je dois aller dans l'avenir, dans cinquante mille ans. Tu y seras peut-être avant moi, qui sait. À bientôt !

— Attends ! cria L'Émir.

Mais l'entité ne l'avait pas attendu…

L'image familière du central se reforma autour du mulot.

— L'Émir ! s'écria Rhodan. Où étais-tu ? Nous t'avons cherché partout !

— Mais je ne suis parti que trois minutes !

— Trois minutes ? Tout le monde te cherche ici et dans l'île spatiale depuis trois heures ! Nous sommes dans l'espace linéaire depuis une heure et demie.

L'Émir, encore ébranlé par ce qui venait de lui arriver, raconta à Rhodan sa rencontre avec le Dull.

— Ainsi, c'est lui. Qui sait à quoi notre séjour dans le passé aura été bon, finalement…

— Tu pourras dire ça quand nous aurons regagné notre époque, lui rappela Atlan.

— Bien sûr, mais je vois une lueur d'espoir à l'horizon. Nous sommes sur la bonne voie. Celle du retour vers le futur !

Achevé d'imprimer en mars 1996
sur les presses de Cox & Wyman Ltd
(Angleterre)

FLEUVE NOIR– 12, avenue d'Italie
75627 PARIS - CEDEX 13.
Tel: 44.16.05.00

—N° d'imp. 539.—
Dépôt légal : mars 1996
Imprimé en Angleterre